PROFIL BAC
Collection créée par Georges Décote

Les Métamorphoses

Livres X, XI, XII

OVIDE

BÉATRICE PÉRIGOT
Agrégée de lettres classiques
Ancienne élève de l'École normale supérieure

Sommaire

© HATIER, Paris, avril 2005 ISSN 0750-2516 ISBN 2-218 **75086-4**

L'édition de référence retenue ici, à laquelle renvoient les numéros de pages et les citations, est celle des *Métamorphoses*, traduction de Georges Lafaye, édition présentée et annotée par Jean-Pierre Néraudau, Paris, Gallimard, collection « Folio classique », 1992. Cette édition contient des intertitres que nous avons utilisés par commodité mais qui ne sont pas d'Ovide, l'Antiquité ne connaissant que le découpage en livres.

Édition : Luce Camus

Maquette : Tout pour plaire

Mise en page : Graphisme

FICHE PROFIL

Les Métamorphoses (vers 1 av. J.-C.)

Ovide (Ier siècle av.-Ier siècle apr. J.-C.)

Épopée en vers

RÉSUMÉ

Les Métamorphoses sont censées raconter l'histoire du monde antique depuis ses origines en Grèce jusqu'à l'époque d'Auguste à Rome, en utilisant comme fil directeur le thème de la métamorphose.

Livre I : la structure chronologique est bien visible au début de l'œuvre, où Ovide raconte la création du monde, la punition des hommes par le déluge et le point de départ d'une nouvelle humanité. Ensuite, cependant, la chronologie est moins présente, et les légendes s'enchaînent sans lien essentiel.

Le livre II commence avec l'histoire de Phaéton qui s'empara du char du soleil et s'achève par l'enlèvement d'Europe par Jupiter.

Les livres III et IV racontent des légendes liées à la ville de Thèbes et quelques autres histoires, dont celle de Persée.

Le livre V termine l'histoire de Persée et raconte des légendes liées aux déesses Proserpine et Cérès.

Le livre VI réunit des légendes de mortels qui défient les dieux.

Le livre VII relate l'histoire de Jason et des Argonautes, celle de Médée éprise de Jason et celle de Minos roi de Crète, qui prépare une attaque contre Athènes.

Le livre VIII continue l'histoire de Minos, avec l'épisode du Minotaure et de Thésée.

Le livre IX raconte des légendes liées à Hercule et des amours monstrueuses.

Le livre X raconte l'histoire d'Orphée, grand poète qui, ayant perdu Eurydice, va tenter de se consoler en racontant lui-même des légendes : celle des Cérastes et les Propétides ; celles de Pygmalion, de Myrrha, d'Adonis ; celle d'Atalante et Hippomène.

Le début du livre XI narre la fin tragique d'Orphée, puis expose d'autres légendes : l'histoire du roi Midas, la construction des murs de Troie ; l'histoire de Pélée et Thétis puis de Pélée seul ; l'histoire de Céyx et d'Alcyone.

Le livre XII aborde l'époque de la guerre de Troie, avec le sacrifice d'Iphigénie et l'histoire de Cygnus. Une grande partie de ce douzième livre est cependant consacrée aux récits que fait le vieux Nestor de légendes antérieures à la guerre de Troie : le combat des Lapithes et des Centaures, l'histoire de Cénée. Le livre s'achève par la mort d'Achille, tué par Pâris.

Le livre XIII poursuit les récits sur Troie, en particulier celui d'Énée, héros troyen qui fuit sa ville natale et s'en va aborder aux rivages de la future Rome.

Le livre XIV prolonge l'histoire d'Énée et s'achève avec l'apothéose de Romulus.

Le livre XV évoque Numa et expose la doctrine de Pythagore, ainsi que diverses légendes du Latium jusqu'au meurtre de Jules César et à l'avènement d'Auguste.

CLÉS POUR LA LECTURE

1. Une épopée

Ovide, dans son prologue, annonce vouloir conduire « sans interruption ce poème depuis les plus lointaines origines du monde jusqu'à [s]on temps ». Cet aspect chronologique oriente vers la définition des *Métamorphoses* comme une épopée.

2. Une série de légendes mal rattachées entre elles

Pourtant, les légendes des *Métamorphoses* sont souvent lâchement rattachées les unes aux autres, par des transitions qui sont plus géographiques que chronologiques.

3. Une thématique étrange : la métamorphose

La thématique de la transformation universelle fait l'unité de l'œuvre, avec ses répercussions philosophiques.

Repères biographiques

LA VIE D'OVIDE (43 AV. J.-C. - 17 OU 18 APR. J.-C.)

Ovide (Publius Ovidius Naso) naît à Sulmone, dans le Samnium (territoire du centre sud de l'Italie, au-dessus de la Campanie) en 43 avant J.-C., dans une riche famille de chevaliers et il reçoit une brillante éducation. Il suit à Rome les leçons des maîtres les plus célèbres et visite la Grèce, à l'époque pays de référence en matière de culture. Il est très tôt attiré par la poésie, penchant que son père, qui le destinait aux magistratures, tente de combattre. À vingt ans, Ovide est nommé triumvir, mais il ne va pas plus loin dans la carrière. Il fréquente tous les poètes de son époque et, dans cette société brillante, son talent se développe rapidement. Par ses premières œuvres, il se fait reconnaître dans le cercle d'Auguste et jouit d'une bonne réputation.

Mais un coup vient le frapper. Auguste, sur la fin de son règne, s'occupe de réformer les mœurs et Ovide va être l'une des victimes de cette réaction morale. La cause, ou du moins le prétexte de son exil, est en effet *L'Art d'aimer*, ouvrage d'abord jugé innocent mais soudain condamné pour son indécence dix ans après sa parution. Auguste semble donc le punir de la liberté de ses poésies. Ovide, cependant, dans des vers, laisse entendre qu'il y aurait eu une autre raison, mais sans préciser laquelle. Il aurait surpris un secret de famille d'Auguste et porté atteinte, par son indiscrétion, à la majesté impériale. En tout cas, il paie de l'exil cette indiscrétion volontaire ou fortuite.

Le poète est exilé en 8 après J.-C., à Tomes sur le Pont (actuellement Constantza, sur la mer Noire). Il supporte très mal cet exil. La contrée lui paraît affreuse. Après la mort d'Auguste, lors de l'arrivée de Tibère au pouvoir, en 14 après J.-C., il perd tout espoir de rentrer en Italie. Il meurt en exil à Tomes, à l'âge de 62 ans, vers 17 ou 18 après J.-C.

L'ŒUVRE D'OVIDE

Les Héroïdes sont la première œuvre d'Ovide ; la première partie paraît entre 20 et 15 avant J.-C., la seconde en 8 après J.-C. Il s'agit de lettres en vers que des amantes et amants célèbres de la mythologie envoient à leur bien-aimé(e). Ce type de lettre fictive s'inspire des exercices que les rhéteurs faisaient pratiquer à leurs élèves. Ovide en fait une œuvre d'esprit qui mélange peinture de la passion et ironie, imitant les tragiques grecs mais sur un ton mondain.

Les Amours, recueil d'élégies dédié à une certaine « Corinna », édité d'abord en cinq livres puis resserré en trois, sont la deuxième œuvre du poète. Il y décrit les caprices de l'âme, les joies et les douleurs de l'amoureux et ordonne le tout en une sorte de roman d'amour.

Entre 1 avant et 2 après J.-C., Ovide fait paraître *L'Art d'aimer*, sorte de traité théorique destiné à accompagner la pratique de l'amour, qui contient tous les secrets pour séduire, conserver ou quitter une maîtresse ou un amant. Cet ouvrage est suivi d'un *Art d'aimer* à l'envers, *Les Remèdes de l'amour*, qui expliquent comment cesser d'aimer. C'est un type particulier de poésie didactique, dans laquelle les conseils sont toujours empreints d'une ironie légère.

C'est sans doute vers l'an 1 avant J.-C. que le poète commence *Les Métamorphoses*. Il les achève au moment où le frappe la colère d'Auguste. Ayant l'impression que son inspiration est définitivement tarie, il a d'ailleurs un instant la tentation de brûler son œuvre, mais des copies s'en étaient déjà répandues dans Rome.

Au moment où son activité est interrompue par l'exil, Ovide avait aussi commencé à écrire un autre ouvrage, appartenant à la littérature didactique : *Les Fastes*. Il s'agit d'une sorte de calendrier national où les cultes et les fêtes de Rome devaient être décrits mois par mois en un chant. Seuls les six premiers ont été écrits. Cet ouvrage rassemble les cérémonies religieuses, les origines nationales, les mœurs domestiques, les traditions populaires, les théologies antiques, toute la vie intérieure et publique de Rome. Tous ces faits historiques et érudits sont présentés sur un ton familier.

En exil, Ovide poursuit son œuvre. Il écrit d'une part *Les Tristes* (5 livres), d'autre part *Les Pontiques* (4 livres). Ces recueils appartiennent à la poésie élégiaque. Ils sont écrits sous forme de lettres suppliantes ou désespérées, adressées à sa femme, à ses amis, au pouvoir. Ces poèmes sont pleins de flatteries pour l'empereur et sa famille. Les deux recueils se caractérisent par une profonde tristesse, Ovide étant très sensible au climat rude et glacé des Sarmates. La plainte domine et entraîne parfois un ton monotone.

Ovide s'est également adonné à la tragédie – il est l'auteur d'une *Médée* – et a écrit quelques poèmes satiriques.

PREMIÈRE PARTIE

Résumé et repères pour la lecture

LIVRE X

LIVRE X (pages 320 à 325)

Orphée et Eurydice
Les arbres qui marchent • Cyparissus

RÉSUMÉ

Orphée et Eurydice (p. 320-324). Orphée, poète de Thrace (actuellement la Bulgarie), épouse Eurydice mais d'emblée les présages sont défavorables et peu après Eurydice, piquée par un serpent, meurt et est emportée aux Enfers. Orphée, très malheureux, décide de descendre à son tour aux Enfers pour réclamer Eurydice aux divinités infernales. Il est si éloquent que celles-ci lui accordent ce qu'il demande, à la condition que, jusqu'à leur retour à la surface de la terre, Orphée ne regarde pas Eurydice. Mais alors qu'ils sont presque arrivés, Orphée ne peut s'empêcher de se retourner et Eurydice rentre définitivement dans les Enfers. Orphée, alors, fuit l'amour et erre, désespéré. Il quitte la plaine pour les montagnes du Rhodope et de l'Hémus. Il pleure et le son de sa lyre attire les arbres.

Cyparissus (p. 324-325). Parmi ces arbres se trouve le cyprès, occasion d'une légende. À Carthée, ville de Céos, île de la mer Égée, vivait un cerf magnifique, qui était aimé par Cyparissus. Mais, un jour, Cyparissus tue le cerf par mégarde, et il est désespéré de son geste. Pour mettre fin à son chagrin, Apollon le change en cyprès.

REPÈRES POUR LA LECTURE

La réécriture d'une légende célèbre

Le livre X s'ouvre sur la légende d'Orphée et Eurydice, rendue célèbre par le récit poétique qu'en donne Virgile, cinquante ans avant Ovide, dans les *Géorgiques* (IV, v. 453-527). Ovide ne traite pas cette légende comme Virgile. L'histoire d'Eurydice est expédiée rapidement. Alors que Virgile fait parler Eurydice, Ovide affirme simplement qu'« elle ne se plaint pas de son époux » ; et Ovide ajoute avec un peu d'ironie qu'Orphée a renoncé à l'amour des femmes pour celui des jeunes garçons. L'amour n'importe donc que très secondairement dans cet épisode.

Orphée poète

Ovide hérite d'une tradition concernant Orphée : ce héros est à la fois un poète et un musicien, qui s'accompagne de la lyre, de la cithare ou du plectre et qui, à la fois par le contenu de ses vers, par la qualité de sa voix et celle de sa musique, attire auprès de lui tous les éléments de la nature et leur dispense la paix. C'est cela qui intéresse Ovide : montrer qu'Orphée est un poète exceptionnel. Il y ajoute en outre la dimension d'éloquence qui s'attache à la rhétorique poétique : Orphée persuade tous ceux à qui il s'adresse. Le discours d'Orphée auprès des divinités des Enfers le montre. Personne, même les habitants du royaume des morts, ne peut être insensible à ses paroles « qu'il accompagnait en faisant vibrer les cordes » (p. 321). Poésie et musique contribuent à cette vertu persuasive.

La légende disait aussi qu'Orphée attirait non seulement les bêtes sauvages (qui devenaient douces comme des agneaux) mais aussi les arbres et les pierres. C'est sur cet aspect qu'insiste Ovide, parce que cela le ramène à la métamorphose.

La métamorphose de Cyparissus

Orphée lui-même n'est pas l'objet d'une métamorphose, pas plus qu'Eurydice. Mais en tant que poète-musicien, il est capable d'attirer les arbres, de les faire marcher vers lui, ce qui est un début d'anthropomorphisation (transformation en humain). Ainsi, pleurant Eurydice, il attire à lui une véritable forêt qu'Ovide nous détaille en vingt-six arbres.

Cette énumération lui permet de rattacher à cette forêt la légende du cyprès. La transformation de Cyparissus en arbre explique que les arbres puissent marcher. L'univers qui entoure Orphée n'établit pas de limites claires entre la vie et la mort, l'humanité et les autres formes naturelles.

Dans cette légende, le cerf est une sorte de double de Cyparissus : l'animal est lui aussi presque humain, « exempt de toute crainte », orné d'attributs humains (la bulle d'argent) et qui s'étend dans l'herbe comme un humain. Sa mort plonge Cyparissus dans le désespoir comme Apollon est désespéré par la mort de Cyparissus. Cette mort irrémédiable renvoie en outre à celle d'Eurydice.

LIVRE X (pages 325 à 347)

Ganymède • Hyacinthe • Les Propétides et les Cérastes • Pygmalion • Myrrha • Vénus et Adonis • Atalante

RÉSUMÉ

Orphée, cherchant le réconfort dans la poésie, décide de prendre pour objet de son chant « les jeunes garçons aimés des dieux et les jeunes filles à qui des amours monstrueuses ont fait perdre la raison et qui ont, par leurs désordres, attiré sur elles un châtiment mérité » (p. 325).

Ganymède (p. 325-326). Jupiter s'éprend du phrygien Ganymède et l'enlève ; il est encore l'échanson des dieux.

Hyacinthe (p. 326-328). Phébus (père d'Orphée) a pour Hyacinthe, le fils d'Amyclès, une tendre prédilection. Souvent il quitte Delphes pour Sparte et rejoint Hyacinthe. Un jour, en jouant au disque, il blesse mortellement son ami. Il ne peut le ramener à la vie mais il le transforme en une fleur pourpre sur les feuilles de laquelle se trouve la syllabe « ai », symbole de la douleur d'Apollon.

Les Cérastes et les Propétides (p. 328-329). Amathonte (ville de Chypre) se livrait à des sacrifices humains. Elle était peuplée d'une part par les Cérastes, qui portaient des cornes, d'autre part par les Propétides, des femmes impies. Vénus transforme les premiers en taureaux furieux, les secondes en rochers.

Pygmalion (p. 329-330). Pygmalion, dégoûté par l'impudeur des Propétides, vit éloigné des femmes. Un jour, cependant, il sculpte une statue d'ivoire, et en tombe amoureux. Le jour de la fête de Vénus sur l'île de Chypre, il fait le vœu que la déesse lui donne pour épouse une femme semblable à sa statue. Vénus transforme la statue en femme. De leur amour naît une fille, Paphos

Myrrha (p. 31-339). Paphos donne naissance à Cinyras, qui va vivre en Arabie. Cinyras a une fille, Myrrha, qui tombe amoureuse de son père. Elle est honteuse de ce désir et veut se suicider. Mais sa nourrice, qui ne veut pas qu'elle meure, lui promet d'exaucer son désir. Elle met Myrrha dans le lit de son père un jour qu'il est ivre. Myrrha se livre ainsi à l'inceste, jusqu'à ce que son père découvre que son amante est sa fille. Enceinte de lui, elle s'enfuit, quittant l'Arabie et la Panchaïe pour le royaume de Saba (Yémen) où elle arrive neuf mois plus tard. Désespérée, elle demande aux dieux de faire d'elle « un autre être à qui soient interdites et la vie et la mort » (p. 338). Elle est alors transformée en arbre mais des larmes tièdes coulent de cet arbre, la myrrhe.

Vénus et Adonis (p. 339-340 et 346-347). Mais cet « arbre » n'a pas encore accouché de son fruit incestueux. Finalement, aidé par Lucine, divinité des accouchements, l'arbre expulse un enfant, dont les Naïades vont s'occuper. Il devient un très beau jeune homme, Adonis, dont Vénus tombe amoureuse. Elle le suit partout. Un jour elle lui raconte l'histoire suivante.

Atalante (p. 341-346). Atalante, jeune fille imbattable à la course et d'une grande beauté, est courtisée par de nombreux prétendants mais elle refuse le mariage. Elle défie à la course tous ses admirateurs et le prix de leur échec est la mort. Pourtant, Hippomène, fils de Mégarée qui règne à Oncheste, en Béotie, et descendant de Neptune, veut aussi tenter sa chance. Atalante est touchée et tente de le dissuader. Cependant, Hippomène s'adresse à Vénus qui décide de l'aider. Elle cueille dans les plaines de Chypre trois pommes d'or. Hippomène lance successivement les trois pommes ; Atalante les ramasse et prend du retard. Il gagne la course. Mais il ne remercie pas Vénus qui va se venger. Un jour qu'il se promène avec sa compagne, Vénus l'incite à s'unir à Atalante dans une grotte sacrée. Ils sont aussitôt transformés en lions.

Malgré les injonctions de Vénus, Adonis ne résiste pas à l'attrait de la chasse, où il va être tué par un sanglier. Vénus, emplie de tristesse, décide d'instituer la fête des Adonies en son honneur et de faire naître de son sang une fleur légère, l'anémone.

REPÈRES POUR LA LECTURE

Orphée narrateur

Dans *Les Métamorphoses*, il arrive fréquemment qu'Ovide délègue la parole à l'un des personnages, qui représente alors le poète. Il n'est pas indifférent, ici, que ce porte-parole soit Orphée, le modèle de tous les poètes, qui raconte toute la fin du livre X en transférant à l'auteur le prestige de sa parole sacrée. Cela ne change rien au style d'Ovide. Faire d'Orphée le narrateur est un principe de variation qui évite la monotonie des récits mais qui crée aussi une unité thématique : ici, Orphée, amant malheureux, raconte des histoires d'amour.

Le thème de l'amour

Orphée va chanter « les jeunes gens aimés des dieux », définition qui convient pour Ganymède et Hyacinthe, mais aussi pour Adonis, aimé de Vénus, « et les jeunes filles à qui des amours monstrueuses ont fait perdre la raison » (p. 325) : les Propétides, en prostituant leurs charmes, entrent dans la catégorie des jeunes filles monstrueuses. Les Cérastes ne servent que de contrepoints aux Propétides : ces monstres cornus « du temps jadis » (p. 328) sont la trace originelle, dans l'île d'Amathonte, de l'existence d'une monstruosité physique dont les Propétides sont le versant moral. L'histoire de Myrrha, bien sûr, est l'exemple même des « amours monstrueuses ».

Pygmalion : transgression et aide des dieux

En revanche, Pygmalion est un cas à part. Il n'est ni à proprement parler monstrueux ni à proprement parler aimé des dieux, mais il est un peu les deux : c'est grâce à la protection particulière de Vénus, qui assistait en personne à sa fête et qui assistera aussi au mariage des amants, que la statue devient femme. Mais la monstruosité n'est pas loin. Quand Pygmalion fait son vœu aux dieux il hésite à demander pour épouse « la vierge d'ivoire » mais demande seulement « une femme semblable ». Or, Myrrha, quand son père lui demande quel homme elle voudrait épouser, répond qu'elle veut « un homme qui [lui] ressemble » (p. 333), comme si, dans les deux cas, la monstruosité de la demande faisait hésiter à la formuler. Le fait d'être amoureux d'un être minéral et de réclamer le passage de l'ivoire à l'état humain semble implicitement entraîner une transgression de la nature que Pygmalion hésite à avouer. Il y a donc aussi chez celui-ci une monstruosité cachée.

Myrrha : une histoire tragique

Il s'agit d'une longue histoire scabreuse, de celles qui ont donné à Ovide la réputation d'être un auteur à ne pas mettre entre toutes les mains. La monstruosité de cet amour incestueux est d'emblée mise en avant par Orphée narrateur, qui se réjouit que ces mœurs aient existé en Arabie et non dans ses contrées.

Comme les grandes erreurs tragiques de l'Antiquité, cet amour est défini à la fois comme une faute morale de Myrrha, qui est donc coupable, et comme une fatalité voulue, non par le dieu de l'amour mais par les Furies des Enfers (p. 331), une fatalité à laquelle la protagoniste ne peut échapper.

Ce récit est traité par Ovide comme une tragédie, avec un long monologue de Myrrha, plein d'arguments contraires, qui reproduit les balancements du cœur dans les monologues de la tragédie grecque. Racine s'inspirera largement de cette histoire pour traiter la pièce de *Phèdre*, dont l'amour est aussi considéré comme incestueux, bien qu'il s'agisse de son beau-fils. Œnone, en particulier, prête à tout pour éviter la mort de sa maîtresse bien-aimée, emprunte beaucoup à la servante de Myrrha.

Adonis, un double du dieu Amour

Adonis est un personnage de la mythologie qui semble redoubler le dieu de l'amour. « Il rappelle les Amours que les peintres représentent nus dans leurs tableaux » (p. 339). Il a donné lieu, en particulier à l'époque classique, à toutes sortes de représentations picturales et de reprises littéraires, comme celle de La Fontaine.

Ovide décrit d'abord sa croissance et sa beauté comme une métamorphose naturelle mais aussi surprenante que les métamorphoses opérées par les dieux. Il reste à Adonis quelque chose de la faute de sa mère puisque c'est parce que Vénus est blessée par son fils, le dieu Amour, qu'elle tombe amoureuse d'Adonis. Or, comme Adonis vient d'être comparé au dieu Amour, on voit bien qu'il s'agit là d'une sorte de second inceste.

Vénus, amoureuse et narratrice

La description de Vénus amoureuse, elle aussi, est ambiguë. Vénus, une déesse, oublie le ciel pour la terre et se comporte comme une jeune fille sensuelle : elle est bien de ces femmes « à qui des amours monstrueuses ont fait perdre la raison » (on notera que c'est aussi le cas d'Apollon amoureux de Hyacinthe, p. 326). Elle qui n'est représentée que dans des environnements clos et protégés, devient une déesse des bois qui pourchasse les animaux tout en tentant d'interdire la chasse à son bien-aimé.

Vénus, qui hait les sangliers et les lions, va raconter à Adonis l'histoire d'Atalante. Elle devient ainsi une deuxième narratrice à l'intérieur du récit d'Orphée. Cela a pour conséquence de donner à la légende d'Atalante un air de fable morale.

Atalante : récit d'amour ou de vengeance ?

Atalante est une jeune fille qui refuse l'amour et se comporte en homme (par sa rapidité à la course), tout en se distinguant par sa beauté et par la cruauté avec laquelle elles traite ses prétendants. La première métamorphose d'Atalante est donc de tomber amoureuse, blessée, comme Vénus, « par le dieu du désir » et « ignorant ce qui lui arrive » (p. 343). Sa défaite n'en est pas tout à fait une : elle souhaite elle-même sa défaite et laisser gagner celui dont elle est amoureuse.

Le grand morceau de bravoure de ce passage est le monologue qu'Atalante se tient à elle-même, et qui inspirera bien des monologues amoureux : Atalante se trompe elle-même, feint de donner à l'intérêt qu'elle porte au jeune homme des raisons humanitaires, tantôt lui adresse la parole et tantôt parle de lui à la troisième personne, feint d'accepter sa mort et trouve celle-ci intolérable. Elle finit par s'avouer qu'elle l'aime.

Ce qui frappe dans ce récit, c'est le caractère inattendu de la fin. On croit que le centre du récit est la conquête d'Atalante et l'on découvre que c'est la vengeance de Vénus, vengeance qui consiste en une métamorphose-punition.

La mort-métamorphose d'Adonis

Vénus ne peut, malgré son pressentiment, éviter la mort d'Adonis, désigné comme « fils de Cyniras » (p. 346), ce qui rappelle la souillure initiale de sa naissance. Ainsi, Adonis était voué à la mort et l'amour de Vénus et Adonis est aussi impossible que celui de Myrrha et de son père, et que celui d'Hippomène et d'Atalante. Mais Vénus va détourner cette mort par la métamorphose. Les paroles qu'elle prononce montrent que, soumise aux destins, toujours supérieurs aux dieux, elle recourt à la métamorphose comme à une transgression des lois naturelles, comme à un droit divin qu'elle s'octroie néanmoins. La métamorphose n'est d'ailleurs pas complète et semble précaire. L'anémone naît du sang d'Adonis et demeure une fleur fragile,

« mal fixée et trop légère » (p. 347). Par ailleurs, la légende est aussi l'occasion d'expliquer l'origine de la fête des Adonies.

LIVRE XI

LIVRE XI (pages 350 à 353)

Mort d'Orphée • Châtiment des Ménades

RÉSUMÉ

Le livre XI reprend le récit des aventures d'Orphée qui n'est plus le narrateur.

Mort d'Orphée (p. 350-352). Orphée, donc, continue à charmer les bois de ses chants, mais les femmes des Ciconiens (peuple de Thrace), rendues folles par le culte de Bacchus auquel elles s'adonnent, frappent Orphée et finissent par le mettre à mort. Ses membres sont dispersés. Sa tête, tombée dans un fleuve, est emportée vers l'île de Lesbos. Là, un serpent attaque cette tête, mais Apollon intervient et pétrifie le serpent tandis que l'ombre d'Orphée descend aux Enfers retrouver Eurydice.

Châtiment des Ménades (p. 352-353). Bacchus, cependant, punit les Ménades en les transformant en arbres.

REPÈRES POUR LA LECTURE

Une mort sacrilège

Le contraste est très net entre l'activité paisible d'Orphée et la fureur violente des femmes de Thrace. Pendant un moment, la puissance de la poésie agit et les pierres n'atteignent pas la victime parce qu'elles tombent sous le charme des « accords de la voix et de la lyre » (p. 350). Mais leurs cris et leurs instruments finissent par couvrir les sons d'Orphée. Orphée est d'abord frappé dans les symboles de sa puissance : les animaux réunis autour de lui sont tués, puis c'est à son tour d'être mis à mort. La mort d'Orphée est l'occasion d'un double traitement. Ovide a d'abord recours aux éléments traditionnels de la pratique mystique : les femmes le frappent avec leurs « thyrses ornés d'un vert feuillage » (p. 351). Le thyrse, bâton entouré de lierre et de pampre, avec une pomme de pin au sommet, est l'attribut des Bacchantes. C'est donc un objet de culte qui est transformé en instrument de violence. Ovide traite aussi cette mort de façon réaliste. En effet les thyrses ne suffiraient pas à tuer Orphée. En revanche, les instruments agricoles que les paysans effrayés abandonnent dans les champs deviennent les moyens d'une mort décrite avec réalisme. Il semble qu'Ovide ne perçoive pas la portée du rituel bachique et décrive de façon réaliste ce qui était en fait un rite agraire de communion mystique avec la nature.

Aussitôt mort, Orphée semble retrouver ses pouvoirs : de nouveau les bêtes sauvages, les pierres et les forêts prennent le deuil, sa lyre joue et sa tête, détachée de son corps, chante. Le serpent qui veut porter atteinte à cette tête est pétrifié.

La métamorphose des Ménades

Lyéus, c'est-à-dire Bacchus, est outré de cette mort, parce qu'Orphée est « le chantre qui célébrait ses mystères » (p. 352). Les religions à mystères sont, dans l'Antiquité, des cultes impliquant une initiation secrète. Orphée, qui est fils d'Apollon, est donc aussi initié aux délires de la poésie bachique.

Bacchus, à vrai dire, ne punit pas directement les Ménades, en proie à une folie sacrée, mais il châtie « les femmes édoniennes qui ont vu s'accomplir l'attentat » (p. 352-353), c'est-à-dire les spectatrices profanes. Il décrit leur métamorphose en arbres en insistant d'abord sur le fait que ces femmes sont immobilisées, prises au piège comme un animal dans un lacet. La deuxième phase est leur transformation en bois, matière traitée ici comme connotant l'inertie. La métamorphose prend donc en considération les éléments de leur crime : les Ménades ne peuvent plus bouger de l'endroit d'où elles ont observé le meurtre rituel d'Orphée ni manifester leurs émotions par des gestes.

LIVRE XI (pages 353 à 357)

Midas • Les oreilles de Midas

RÉSUMÉ

Midas (et la soif de l'or). Puis Bacchus quitte la Thrace pour le mont Tmolus, en Lydie (Asie), et les rives du fleuve Pactole, où il retrouve ses compagnons habituels : les satyres et les Bacchantes. Mais il ne trouve pas Silène, son vieux précepteur, car celui-ci, ivre, a été transporté par des pâtres de Phrygie à la cour du roi Midas. Ce dernier, initié aux mystères de Bacchus, garde dix jours avec lui Silène, puis le ramène dans les champs de Lydie. Bacchus, ravi de retrouver son compagnon, dit à Midas qu'il exaucera tous ses vœux. Or, Midas demande au dieu que tout ce qu'il touche soit transformé en or. Exaucé, il se rend compte qu'il va mourir de faim et de soif et supplie Bacchus de le délier de son vœu. Apitoyé, Bacchus lui ordonne d'aller se plonger dans les sources du fleuve Pactole. Midas est ainsi délivré du pouvoir de tout transformer en or, tandis que ce pouvoir devient celui du fleuve.

Les oreilles de Midas. Midas se rend souvent sur le mont Tmolus qui se trouve entre Sardes (capitale de la Lydie) et Hypèpes. Un jour, il y rencontre Pan. Or, celui-ci ose défier Apollon au chalumeau. C'est le dieu Tmolus lui-même qui est arbitre. Il déclare Apollon vainqueur, mais Midas, sottement, soutient Pan. Apollon, alors, lui donne des oreilles d'âne.

Midas tente de cacher sa honte, mais son coiffeur voit ses oreilles et éprouve l'envie de révéler sa découverte. Il va donc crier dans un trou de la terre ce qu'il a vu. Mais dans ce trou poussent des roseaux qui, une fois grands, quand le vent les agite, répètent ce que l'esclave coiffeur avait confié à la terre.

Midas, un héros peu tragique

Midas est le héros de plusieurs histoires populaires, ce que l'on perçoit au changement de ton des récits qui le concernent, plus léger et sans portée tragique. Le lien entre cette histoire et celle d'Orphée est le dieu Bacchus. Midas, en effet, bien que les légendes le concernant le présentent comme un sot, est un initié des mystères de Bacchus, auxquels il a été introduit par Orphée lui-même (p. 353). C'est en tant que protecteur de Silène, compagnon et précepteur de Bacchus, que Midas reçoit le droit d'émettre n'importe quel vœu, et c'est en compagnie de Pan, autre compagnon de Bacchus, qu'il hérite de ses oreilles d'âne.

Un univers de métamorphose

Là encore, la légende de la transformation en or, sorte de métamorphose, est liée à un récit des origines : elle explique pourquoi le Pactole, dans l'Antiquité, charriait de l'or. La métamorphose a donc souvent une fonction étiologique (recherche des causes). Pour rendre concrètement cette métamorphose, Ovide désigne l'or sous toutes ses formes, en faisant allusion à la pluie d'or de la légende de Danaé ou à ses diverses couleurs : « pâle », « fauve ». Le mot « or » est répété pour exprimer l'invasion-transformation du monde autour de Midas.

Autre aspect du monde métamorphique d'Ovide, le Tmolus est à la fois une montagne et le dieu de cette montagne. Il entretient avec la forêt un lien qui rappelle celui d'Orphée avec les arbres : « la forêt qui l'entoure suit le mouvement de son visage » (p. 356). Ainsi, avant toute métamorphose, le monde que nous présente Ovide est déjà un monde instable où les liens entre nature et humanité sont flous. L'épisode des roseaux est aussi une sorte de métamorphose des paroles humaines qui semblent se mêler à la terre pour revenir sous forme de sons propres aux roseaux. De nouveau les éléments naturels, le vent, la terre, participent à cette transformation qui trahit le secret « enfoui » par le serviteur.

La littérature imite la sculpture

Apollon, dans l'épisode du concours de musique, est décrit comme dans les représentations figurées d'Apollon citharède. On a souvent rapproché les descriptions d'Ovide de tableaux ou de statues réels de l'Antiquité.

LIVRE XI (pages 357 à 360)

Laomédon et Hésione • Pelée et Thétis

RÉSUMÉ

Laomédon et Hésione (p. 357-358). Apollon, après s'être vengé, quitte le Tmolus pour le détroit d'Hellé (dans l'Hellespont, actuellement en Turquie). Il descend dans les champs de Laomédon, roi de Troie et père de Priam. Il voit Laomédon en train de construire les murailles de Troie. Neptune et Apollon aident Laomédon, mais celui-ci ne leur fait, en remerciement, aucune offrande. Troie est alors envahie par les eaux et Hésione, la fille de Laomédon, est enchaînée à un rocher. Elle est délivrée par Hercule, qui ne reçoit pas davantage de récompense. Celui-ci attaque alors Troie avec Télamon, le frère de Pélée. En récompense de son aide, Télamon reçoit Hésione pour femme, tandis que Pelée épouse Thétis, une nymphe, fille de Nérée.

Pélée et Thétis (pages 358-360). Jupiter aurait voulu s'unir à Thétis mais une prédiction avait annoncé que les exploits du fils de Thétis dépasseraient ceux de son père (il s'agit d'Achille). Aussi pour éviter d'avoir un fils qui le surpasse, Jupiter ne s'unit pas à Thétis mais la donne à Pélée. Thétis, cependant, prend toutes sortes de formes pour éviter son union avec Pélée. Enfin, le devin de Carpathos, Protée, conseille à Pélée de surprendre Thétis quand elle dort dans sa grotte et de l'attacher. Pélée suit ce conseil et peu après naît Achille.

La naissance de Troie

On entre ici dans la deuxième partie du livre XI, celle qui introduit à la guerre de Troie. On remarquera que, par déplacements successifs, de Bacchus d'abord, d'Apollon ensuite, qui sont des fils conducteurs de ces épisodes, on arrive à la préhistoire de Troie (construction de ses murs). Ici, on passe donc, dans la chronologie épique d'Ovide, de la période mythique du monde à sa période historique.

Un traitement décalé de la légende troyenne

L'histoire de Troie va être traitée par Ovide de manière très particulière, avec un déplacement d'accent par rapport aux épisodes marquants de l'épopée homérique. Ovide traite la petite histoire. Mais le récit des deux attitudes ingrates de Laomédon puis de sa fille semble annoncer la punition suprême que constituera la guerre de Troie. La naissance annoncée d'Achille anticipe aussi sur l'histoire de Troie.

Les métamorphoses de Thétis, imitation de Virgile

La légende des métamorphoses de Thétis est particulièrement intéressante d'un point de vue littéraire parce qu'elle est un contrepoint à la légende de Protée chez Virgile. Au livre IV des *Géorgiques* (v. 386-452), le berger Aristée, ayant un problème avec ses abeilles, va consulter le devin Protée. Mais celui-ci commence par résister et se transforme en toutes sortes d'animaux. Il faut finalement l'attacher avec des liens serrés pour qu'il s'immobilise et consente à parler. Ovide pastiche donc l'épisode de Virgile en faisant de Protée celui qui connaît le secret des métamorphoses de Thétis, et en faisant de celle-ci une seconde Protée.

Pélée chez Céyx • Daedalion et Chioné

RÉSUMÉ

Pélée chez Céyx (p. 360-361). Pélée est heureux, mais il tue son demi-frère Phocus et doit s'enfuir à Trachine, en Thessalie. Il demande asile à Céyx, le roi de Trachine, qui l'accueille. Céyx est triste parce que son frère a été transformé en oiseau. Il raconte cette histoire à Pélée.

Daedalion et Chioné (p. 361-363). Le frère de Céyx s'appelait Daedalion. Il a une fille, Chioné, avec qui Apollon et Mercure désiraient s'unir, ce qu'ils font l'un après l'autre. Chioné accouche de deux jumeaux, l'un fils de Mercure, Autolycus, l'autre d'Apollon, Philammon. Chioné, fière de sa beauté, se compare à Diane. Elle est alors frappée par une flèche et meurt. La douleur de Daedalion est si forte qu'il veut se jeter du haut du mont Parnasse. Mais il est transformé en épervier par Apollon.

REPÈRES POUR LA LECTURE

Céyx, un personnage-narrateur positif

Ovide ne s'étend pas sur le meurtre de Phocus par Pélée. Ce qui compte, c'est le retour vers l'Occident avec le passage de Troie vers la Thessalie. Céyx, personnage positif, est d'abord saisi comme personnage secondaire pour devenir peu à peu personnage principal : d'abord comme narrateur de l'histoire de Daedalion et Chioné, ensuite comme protagoniste. Le récit que fait Céyx, nouveau narrateur, est consacré à son frère Daedalion.

Daedalion : un récit ambigu

Daedalion est un personnage que nous ne connaissons que par Ovide. Les sentiments qu'éprouve Céyx à l'égard de ce frère sont ambigus. D'une part, il pleure sa « disparition » et éprouvera même, en raison de son chagrin, le désir de s'éloigner de chez lui ; il prend part à la douleur de son frère quand celui-ci perd sa fille (p. 362). Mais, d'autre part, il considère ce frère comme un être « toujours prêt à la violence » (p. 361) et oppose son propre goût pour la paix à l'amour de la guerre de Daedalion. Le récit tendrait donc à nous faire croire que Daedalion va être puni de sa violence par sa métamorphose en épervier, oiseau qui conserve les instincts de violence qu'il avait en tant qu'homme. Or, sa métamorphose n'est pas une punition mais une consolation. La vraie « coupable » est Chioné, la fille de Daedalion.

Mais le récit, ici, est peu cohérent : rien ne lie les amours de Chioné avec Apollon et Mercure à la suite de l'histoire, puisqu'elle se compare à Diane, déesse vouée au célibat ; seule sa mort, décrite avec précision, a un lien avec l'histoire de Daedalion. Avant même d'être transformé, Daedalion est déjà présenté comme un être ailé : « on dirait qu'il lui est venu des ailes aux pieds » (p. 363). Peut-être Ovide a-t-il donné un tour rationnel à une histoire archaïque où Daedalion aurait été un sorcier volant précipité du haut de la montagne (éléments que l'on retrouve dans la légende d'Icare et Dédale).

LIVRE XI (pages 363 à 365)

Le loup de Pélée

RÉSUMÉ

Après le récit de Céyx, arrive Onétor, le gardien à qui Pélée a confié son troupeau avant de se rendre auprès du roi de Trachine. Il raconte à Pélée qu'au bord de la mer, près d'un temple consacré à Nérée, un grand loup est sorti du bois, a attaqué le troupeau et tué de nombreux hommes. Pélée, qui n'a pas raconté à Céyx la raison de sa venue, comprend qu'il s'agit d'une vengeance de la mère de Phocus, la Néréide Psamathé. Céyx et Pélée implorent alors Psamathé, qui demeure d'abord inflexible. Mais Thétis intervient, Psamathé cède et Thétis transforme le loup en pierre. Pélée, cependant, est obligé de fuir en Magnésie où Acaste le purifiera de son crime.

Ce passage est la fin de l'histoire de Pélée.

Un gardien messager

Le gardien du troupeau se comporte comme un messager de la tragédie et de l'épopée : il relate longuement les circonstances du drame et en décrit poétiquement le cadre, en dehors de toute vraisemblance, étant donné l'urgence de la situation. Ce qui tendrait à prouver qu'Ovide se livre ici, avec une certaine ironie (« mais il n'y a pas de temps à perdre », p. 364), à un pastiche à la fois de l'épopée et des récits tragiques.

Un loup surnaturel

Le loup qui vient attaquer le troupeau de Pélée est décrit par le gardien comme un loup exceptionnel, caractérisé par « la rage ». Sa faim est « infernale » et ne s'apaise pas avec quelques bœufs ; la couleur rouge qui l'entoure est celle du sang. Pélée comprend aussitôt que ce loup n'est pas ordinaire et qu'il est l'instrument d'une déesse. Le gardien n'a pas manqué de préciser que le bois appartient aux Néréides ; or, Psamathé en est une. Avant même la métamorphose, nous sommes donc dans le merveilleux.

Une métamorphose en statue

Le loup, métamorphosé au moment où il met une génisse en pièces, semble figé dans le mouvement ; il devient un bloc de marbre, matière propre à la sculpture, et perd sa couleur en se transformant, comme s'il se métamorphosait en une statue réaliste comme les aimaient les Romains. On retrouve donc ici, de nouveau, le lien entre l'écriture d'Ovide et les arts figurés.

Céyx et Alcyone • Le Sommeil • Ésaque

RÉSUMÉ

Céyx et Alcyone (p. 365-377). Céyx, cependant, troublé par la métamorphose de son frère, veut aller consulter l'oracle d'Apollon à Claros, sur la côte ionienne. Mais sa femme, Alcyone, ne veut pas le laisser partir seul ; elle craint les vents de son père Éole. Céyx décide néanmoins de faire le chemin seul en promettant de revenir deux mois plus tard, malgré le mauvais pressentiment d'Alcyone. Or, à mi-chemin de son itinéraire, il subit une tempête et est englouti par les flots en ne cessant de penser à son épouse. Alcyone, cependant, continue à l'attendre et prie Junon.

Le Sommeil (p. 365-377). Junon envoie Iris au palais du Sommeil, au pays des Cimmériens, pour qu'elle demande au dieu du Sommeil d'envoyer un songe à Alcyone où Céyx en personne révèle sa mort à la jeune femme. Le dieu du Sommeil envoie le songe à Alcyone. Celle-ci, désespérée, court au rivage où elle découvre le corps de son époux flottant sur la mer. Les dieux transforment alors non seulement Alcyone mais aussi Céyx en oiseaux, qui peuvent ainsi être de nouveau réunis. C'est pourquoi, depuis cette métamorphose, l'alcyon s'accouple toujours, l'hiver, au-dessus d'une mer calme.

Ésaque (p. 377-379). Deux vieillards regardent ces deux oiseaux voler ensemble. L'un d'eux va raconter l'histoire du plongeon, un oiseau qui est aussi un descendant des dieux. Il s'agit d'Ésaque, fils illégitime de Priam, demi-frère d'Hector. Sa mère était une nymphe qui vivait dans les forêts de l'Ida, loin d'Ilion (autre nom de Troie). Ésaque, devenu jeune homme, rencontre, sur les bords du Cébrène, Hespérie, la fille de ce fleuve ; il tombe amoureux d'elle mais un serpent la pique au même instant et elle meurt. Ésaque, désespéré, se précipite dans les eaux pour se noyer. Thétis le transforme en oiseau. Il plonge et replonge pour mourir tout de même, mais en vain, d'où son nom de « plongeon ».

Un récit d'amour hybride

La cause du départ de Céyx rattache de façon lâche l'épisode d'Ésaque à ce qui précède : les prodiges concernant Daedalion et Pélée. Ce qui compte, c'est le départ avec ses conséquences.

L'histoire de Céyx et Alcyone est un des grands textes des *Métamorphoses*, texte d'amour conjugal comme il y en a quelques-uns chez Ovide (voir Philémon et Baucis au livre VIII). L'amour de Céyx et d'Alcyone ne se dément à aucun moment et il est un des ressorts du texte. Cet épisode est aussi une véritable anthologie rhétorique puisqu'on y trouve à la fois des éléments de roman, d'épopée, d'élégie. C'est cet aspect hybride qui domine. Le départ de Céyx est ainsi l'occasion d'une longue tirade (p. 366-367) qui imite les tirades tragiques. La tempête marque une rupture avec le ton sentimental et romanesque qui précède et est traitée de façon incontestablement épique. Enfin, la tirade qu'Alcyone (p. 375-376) adresse à sa servante puis à son époux mort est le pendant de la première tirade. On y retrouve des éléments semblables, avec une insistance sur le pathétique. Le ton est élégiaque.

Le pays du Sommeil, une allégorie

Cet épisode allégorique est à rapprocher de l'allégorie de la Renommée (p. 382-383), mais aussi d'autres allégories présentes dans *Les Métamorphoses*, telle la demeure de l'Envie au livre II (p. 99). Il est aussi le pendant du voyage d'Énée chez les morts, au livre VI de l'*Énéide*. L'héroïne du voyage au pays du Sommeil, Iris, symbolise l'arc-en-ciel (lequel, d'ailleurs, ouvre et ferme l'épisode aux pages 372 et 373) et fait le lien entre les dieux et les hommes. Elle est déjà messagère de Junon dans l'*Iliade*.

Le royaume du Sommeil se trouve chez les Cimmériens, peuple mythique d'un pays où le soleil ne se lève jamais, peuple voisin du pays des morts. Ovide dépeint de manière très détaillée et par des négations ce lieu allégorique, où aucune lumière, aucun bruit ne filtrent, où les plantes mêmes évoquent le sommeil.

La métamorphose de Céyx et d'Ésaque

Le récit aboutit à une double métamorphose. Celle d'Alcyone est rapide : elle se transforme soudain en oiseau, par le bond qu'elle fait sur la digue. C'est la « compassion » des dieux qui produit la deuxième métamorphose : la résurrection-transformation de Céyx, magique dans sa rapidité. La métamorphose est ainsi une alternative à la mort. Elle est aussi le moyen d'expliquer l'existence d'une réalité ornithologique. En cela, elle fait le lien avec la légende du plongeon qui clôt le livre XI, et qui, elle, est traitée de façon plus détaillée.

Des effets d'écho

La dernière métamorphose, celle d'Ésaque, clôt le livre en créant toutes sortes de liens avec ce qui précède : avec Laomédon et Troie, puisque Ésaque, fils de Priam, est un non-héros de Troie ; avec Pélée et Thétis, puisque Ésaque poursuit la nymphe Hespérie malgré elle, comme Pélée avait poursuivi la nymphe Thétis ; avec Orphée et Eurydice, puisque la nymphe meurt piquée par un serpent ; avec Alcyone, enfin, par le désir de s'unir à la personne aimée dans la mort.

LIVRE XII

LIVRE XII (pages 381 à 383)

Les Grecs à Aulis • Iphigénie • La Renommée

RÉSUMÉ

Les Grecs à Aulis (pages 381-382). Priam, à Troie, ignorant que son fils a été transformé en oiseau, le croit mort. Pâris a déjà enlevé Hélène. De leur côté, les Grecs, qui s'apprêtent à attaquer Troie, sont bloqués à Aulis en Béotie, et attendent que les vents se lèvent. Ils voient soudain un serpent dévorer huit oiseaux et leur mère. Le fils de Thestor, devin, prédit qu'ils remporteront la victoire neuf ans plus tard. Ce serpent est pétrifié.

Iphigénie (p. 382). Mais les vents ne se lèvent pas et le devin Calchas affirme qu'il faut sacrifier une vierge à Diane. C'est Iphigénie, la fille d'Agamemnon, chef de l'expédition, qui sera sacrifiée. Mais la déesse compatissante substitue au dernier moment une biche à Iphigénie. Après le sacrifice, les vents se lèvent.

La Renommée (p. 382-383). Au centre de l'univers se trouve le palais de la Renommée. C'est cette déesse qui a annoncé l'arrivée des Grecs à Troie. C'est pourquoi, quand ils arrivent, la ville est fermée. Les combats commencent et ils sont sanglants.

REPÈRES POUR LA LECTURE

Débuts de la guerre de Troie

Ce début du livre XII est censé nous faire entrer de plain-pied dans la guerre de Troie puisqu'il commence par l'épisode célèbre d'Iphigénie à Aulis. Or, il s'agit en réalité d'un résumé succinct, concernant aussi bien l'enlèvement d'Hélène par Pâris que le sacrifice d'Iphigénie.

Une autre pétrification

Ovide utilise souvent le motif du serpent. Ici, il reprend un prodige raconté dans l'*Iliade* qui réunit prophétie et métamorphose. On remarque le contraste entre la violence, qui semble de mauvais augure, de la mort des oiseaux et le présage heureux qu'en tire Calchas, qui sait lire au-delà des apparences. On retrouve encore une pétrification (mais quel en est l'auteur ?) qui, comme pour le loup de Pélée, aboutit à figer dans le mouvement et à statufier l'objet de la métamorphose, ici le serpent.

Le palais de la Renommée, un traitement épique et ironique

Ce passage est un morceau de bravoure qui n'entretient qu'un lien ténu avec le contexte.

Le palais de la Renommée est l'objet, de la part d'Ovide, d'un traitement épique, par la personnification allégorique de la *fama*, qui est à la fois renommée, réputation et rumeur publique, tout ce que la parole transmet sous forme de murmure, vrai ou faux. Le poète situe en effet la Renommée « au milieu de l'univers », « entre la terre, la mer et les régions célestes », ces mots ouvrant et fermant le passage, insistant ainsi sur la domination cosmique qu'elle exerce.

Mais à l'intérieur de ce ton épique se glisse une certaine ironie, puisque Ovide insiste également sur le caractère purement humain et souvent fallacieux de la Renommée.

LIVRE XII (pages 383 à 386)

Achille et Cygnus

RÉSUMÉ

Achille, dans le combat, se trouve confronté au Troyen Cygnus, fils de Neptune. Il veut l'atteindre de son javelot mais n'y réussit pas. Cygnus se vante d'être invincible, étant le fils d'un dieu. Cette invincibilité rend Achille furieux ; il se précipite sur Cygnus et finit par l'étrangler, mais celui-ci est transformé en un oiseau blanc, le cygne.

REPÈRES POUR LA LECTURE

Un pastiche du combat d'Achille et d'Hector

Il existe, dans *Les Métamorphoses*, trois personnages appelés Cygnus : au livre II, page 85 et au livre VII, pages 232-233, et le lien entre eux n'est pas clair. L'aventure d'Achille avec Cygnus n'est pas dans l'*Iliade* et Ovide s'amuse à mettre sur le même plan Cygnus et Hector (le vrai adversaire d'Achille dans l'*Iliade*) : « Achille cherchait Cygnus ou Hector » (p. 384). Tout cet épisode est un pastiche du style de l'*Iliade* et est traité par référence au combat avec Hector. Ovide montre Achille opposé à un héros bien moins célèbre qu'Hector et ne pouvant en venir à bout. Il décrit avec complaisance l'incapacité d'Achille à tuer Cygnus. Ovide, enfin, mettra en relation, page 386, le banquet, où Nestor parle, avec le combat d'Achille contre Cygnus, et page 402, la mort d'Achille avec la mort de Cygnus.

Une métamorphose attendue

Le nom même du héros fait attendre la transformation en cygne, comme si le personnage devenait ce qu'il est déjà par son nom. Contrairement à la métamorphose du Cygnus de la page 85, celle du Cygnus adversaire d'Achille est instantanée. Ne pouvant mourir, il disparaît et semble remplacé par un cygne plutôt qu'il ne le devient lui-même. La métamorphose est ici une alternative à la mort impossible.

Cénée • Combats des Lapithes et des Centaures • Cénée • Périclymène

RÉSUMÉ

Cénée (p. 386-388). Durant la guerre de Troie, les combattants, souvent, se reposent en banquetant. Un soir, à la table d'Achille, Nestor raconte qu'il a connu des héros aussi invincibles que Cygnus. Il évoque Cénée, habitant de la Perrhébie, contrée de Thessalie, où se trouve le mont Othrys. Cénée fut un héros, bien que né femme. Les convives le pressent de raconter cette histoire.

Cénis, fille d'Élatus, était célèbre pour sa beauté et recherchée par tous. Elle était de la génération du père d'Achille. Un jour, elle est violée par Neptune, qui lui promet d'exaucer tous ses vœux. Elle demande alors, pour ne plus avoir à subir un tel affront, à être métamorphosée en homme, ce qui lui est accordé : Cénis devient Cénée. Elle obtient aussi d'être invincible et de ne pouvoir périr sous le fer. Cénée peut alors vivre tranquille sur les bords du fleuve Pénée, dans le Pinde.

Combat des Lapithes et des Centaures (p. 389-397). Nestor raconte aussi qu'il a assisté au mariage d'Hippodamie avec Pirithoüs, fils d'Ixion, roi des Lapithes. À ce mariage étaient invités tous les rois de l'Hémonie (la Thessalie) mais aussi les sauvages Centaures, êtres moitié hommes moitié chevaux qui sont aussi les descendants d'Ixion. Or, l'un d'eux, Eurytus, à la vue d'Hippodamie, s'échauffe et tente brutalement de l'enlever. Thésée, ami de Pirithoüs, s'interpose et tue Eurytus en lançant sur lui un énorme vase. Alors, les autres Centaures déclarent la guerre aux Lapithes. Un énorme combat s'ensuit, que décrit Nestor, qui y a participé. Le massacre est général.

Cénée (p. 397-400). À la fin du combat, Latrée, le plus grand des Centaures, s'en prend à Cénée qu'il humilie par le rappel de son origine féminine. Mais Cénée est invincible et l'épée du

Centaure est inutile. Celui-ci appelle alors à son secours les autres Centaures, qui ensevelissent Cénée sous un monceau de pierres, d'arbres et de montagnes. On ne sait si Cénée finit par mourir mais Mopsus, l'un des Lapithes, qui est aussi devin, dit avoir vu s'envoler de l'amas un oiseau fauve. Les Lapithes, en tout cas, achèvent les derniers Centaures ou les mettent en fuite.

Périclymène (p. 400-402). Après ce récit, Tlépolème, fils d'Hercule, demande à Nestor pourquoi il n'a pas évoqué les exploits d'Hercule contre les Centaures. Nestor rappelle alors qu'Hercule a massacré toute sa famille lors d'une expédition contre sa ville, Pylos. Il a, en particulier, réussi à tuer le frère de Nestor, Périclymène, qui avait pourtant reçu de Neptune le don de revêtir à son gré toutes les formes. Transformé en aigle, il a été tué par une flèche d'Hercule. Mais Nestor a renoncé à la vengeance.

REPÈRES POUR LA LECTURE

Nestor, un nouveau personnage-narrateur

Cette série d'épisodes est caractérisée de nouveau par la mise en place d'un personnage-narrateur : Nestor, dont le « je », présent tout au long de ces récits, leur donne un air de vécu. Nestor est un héros de la guerre de Troie, où il apparaît comme le type du vieux sage. Mais, ici, il raconte des histoires antérieures à la guerre de Troie (« À cette époque, Hector n'existait pas ou il était tout enfant et aujourd'hui la vieillesse m'a enlevé mes forces », p. 397), bouleversant de nouveau la chronologie et ramenant le lecteur dans des aventures primitives, celles de l'aube de l'humanité.

Cénée, un épisode à rebondissements

L'épisode de Cénée est coupé en deux. Il encadre le récit du combat des Lapithes et des Centaures, et ressemble beaucoup à l'histoire de Cygnus, puisque Cénée suscite lui aussi, par son invincibilité, l'irritation de ses puissants adversaires peu habitués à ce qu'on leur résiste. Mais l'acharnement des Centaures est hyperbolique, à la mesure du combat. Du coup, il n'est pas sûr que Cénée ait été métamorphosé. La métamorphose est donnée comme le témoignage de Mopsus, et c'est en oiseau, comme Cygnus, que Cénée est métamorphosé. Cependant, Cénée est l'objet d'une double métamorphose, puisque, d'abord, de femme qu'il était, il devient homme, ce qui constitue une transgression aussi grande que d'être changé en oiseau (voir le discours du Centaure, p. 398).

Les Lapithes et les Centaures : épopée ironique et galerie de héros

Cet épisode est un autre morceau de bravoure d'Ovide, qui, ici encore, recourt à un ton épique en rapport avec le sujet. Ce récit ressemble aux récits de combats de l'*Iliade*, avec le principe d'une alternance entre description collective et description d'individus. Mais Ovide insiste, avec un réalisme complaisant et peut-être ironique, sur l'atrocité des blessures infligées par les combattants. Il s'amuse aussi à mettre en scène un être d'une grande beauté, mais d'une beauté monstrueuse puisqu'il est homme et cheval : Cyllare (p. 395), et à décrire sa touchante histoire d'amour avec Hylonomé au milieu de ces combats sans merci.

Au cours de cette bataille, on voit reparaître ou apparaître des héros célèbres : Pélée, mais aussi Thésée, qui n'est ici, dans une inversion de perspective, que l'ami de Pirithoüs.

La mort de Périclymène : le pathétique

Cette mort touche particulièrement Nestor, puisqu'il s'agit de son frère. Le statut de narrateur et de personnage de Nestor donne ici du pathétique à l'épisode et justifie l'impasse sur Hercule. Le pathétique vient aussi du fait que la métamorphose, qui devait être une protection, n'a pas fonctionné. « La mort de Périclymène est un prodige » (p. 401), puisque le frère de Nestor, malgré sa transformation en aigle, a tout de même été tué. On a ainsi un troisième cas de métamorphose en oiseau (après Cygnus et Cénée), mais qui, dans le cas de Périclymène, ne protège pas de la mort.

La mort d'Achille

RÉSUMÉ

Ovide reprend le récit de la guerre de Troie. Neptune est outré par la transformation de Cygnus en oiseau (début du livre XII) après son combat avec Achille. Il veut se venger d'Achille et demande à son neveu Apollon, dieu de Sminthe, de l'aider. Celui-ci trouve Pâris sur le champ de bataille et guide son arc. C'est ainsi que meurt le grand héros grec.

REPÈRES POUR LA LECTURE

Une mort qui pastiche celle de l'*Iliade*

La mort d'Achille, dernier épisode du livre XII, offre à Ovide une nouvelle occasion de réécrire un épisode célèbre de la guerre de Troie. À la différence de l'*Iliade*, ce n'est pas la mort d'Hector qui entraîne celle d'Achille, mais c'est la mort de Cygnus, illustre inconnu qui déclenche cependant la colère de Neptune et d'Apollon – même si Neptune évoque dans un vers la mort d'Hector (p. 402). Et la mort d'Achille est totale. Seule la gloire est un obstacle à la disparition complète du héros : c'est la philosophie d'Achille mort quand Ulysse l'interroge dans l'*Odyssée*.

DEUXIÈME PARTIE

Problématiques essentielles

1 Le contexte historique et littéraire

LA PÉRIODE AUGUSTÉENNE

La période à laquelle écrit Ovide est appelée période *augustéenne*. Dans les années qui précèdent et celles qui suivent la naissance du poète, Rome est en proie aux guerres civiles. Jules César, premier vainqueur de ces guerres, contre Pompée, est assassiné en 42 avant J.-C. et les combats reprennent entre Marc-Antoine et Octave, neveu de Jules César. Lors de la bataille d'Actium, en 31 avant J.-C., Octave l'emporte définitivement sur Marc-Antoine.

Jusqu'alors, Rome était censée vivre sous un régime appelé *république*, avec, à la tête du pouvoir exécutif, deux consuls élus pour un an. Mais, durant les guerres civiles, bien des accrocs au régime républicain avaient été commis, et chacun des grands chefs de ces guerres successives avait tenté d'obtenir le pouvoir pour lui seul, et pour longtemps. Si Jules César se fit assassiner, c'est qu'il avait un peu trop brutalement, dès son retour à Rome après sa victoire sur Pompée, tenté de faire évoluer le régime vers une sorte de monarchie. Or, les Romains demeuraient extrêmement chatouilleux sur ce sujet. Dans leur histoire, la monarchie avait été liée à l'invasion étrangère (celle des Sabins et des Étrusques en particulier), et ils ne voulaient pas entendre parler de ce régime. Octave fut donc très prudent et, avec une grande habileté, fit évoluer le régime républicain vers ce qu'on appelle l'*Empire*, sans que jamais le changement de régime ne soit proclamé. Signalons d'ailleurs que, jusqu'à la fin de l'Empire romain, le régime évolua sans que jamais ne soit évoquée la fin de la République.

Ainsi, en 27 avant J.-C., le Sénat décerne à Octave le nom d'*Augustus*, qui jusque-là s'appliquait seulement aux dieux. C'est cette date qui, symboliquement, marque le début officiel de l'Empire romain. Parallèlement, Auguste prend bien soin, dans les titres qu'il s'octroie, de maintenir l'apparence républicaine. Ainsi, il se fait appeler *Princeps*, d'où dérive le mot *prince* et qui fait qu'on appelle aussi la période le *principat* d'Auguste. Or, ce mot est très innocent. Il désigne le « premier » sur l'album du sénat, car qui avait parcouru l'ensemble des magistratures, avait le droit d'être inscrit sur le registre du sénat. Octave feint donc d'être simplement le « premier » sur la liste du Sénat. Ce sont ses successeurs qui prendront le titre d'*imperator* – titre d'ailleurs plus militaire que politique. Mais en même temps, de façon très subtile, Octave conquiert peu à peu la toute-puissance civile et militaire de l'Empire. En 12 avant J.-C., il se fait proclamer grand pontife, titre qui fait de lui le maître de la religion de l'État. C'en est fini de la République et de la liberté.

Auguste, en raison de l'ambiguïté même du régime qu'il avait mis en place, ne pouvait pas revendiquer le principe de l'hérédité automatique pour sa succession. C'est pourtant ce qu'il tenta de faire. Mais en l'absence de fils et à la suite de divers décès dans sa famille proche, il finit par prendre pour successeur Tibère, un fils de sa femme, né d'un premier mariage et à qui il fit épouser sa fille Julie. C'est à Tibère que revint le rôle difficile de fonder définitivement le principat (14-34 apr. J.-C.). Il y réussira mais, étant de caractère difficile, il finira par devenir un maître tyrannique et impitoyable.

LE CONTEXTE POLITIQUE

C'est dans ce contexte politique que l'œuvre d'Ovide doit être replacée et envisagée.

La littérature qui précède la période d'Auguste est appelée de façon générale *littérature républicaine*. Elle se caractérise par le débat d'idées et la liberté de parole, et est représentée par de grands orateurs publics comme Cicéron. À partir d'Auguste, la liberté est peu à peu bâillonnée. L'écrivain n'est plus un orateur public mais un rhéteur mondain, qui écrit et qui parle dans des salons, qui ne doit plus s'occuper de politique mais se tourner vers des sujets strictement littéraires. En même temps, la période des guerres civiles ayant été très instable, les écrivains sont prêts à supporter ce manque de liberté en échange de la paix. Or, c'est précisément la paix et la prospérité qu'Auguste va apporter à l'Italie et à l'Empire.

Le règne d'Auguste a souvent été comparé à celui de Louis XIV, et les points de convergence sont, en effet, fort nombreux – la paix mise à part. Comme Louis XIV, Auguste a l'habileté d'entretenir les grands écrivains pour qu'ils deviennent des chantres de sa gloire. Mécène, l'ami et le ministre d'Auguste, organise autour du *princeps* un cercle de lettrés qu'il protège et subventionne (c'est de là que vient le terme de *mécénat*). Virgile avait perdu ses terres durant les guerres civiles, elles lui sont restituées ; Horace n'avait pas de terres, Auguste lui offre un domaine ; Tite-Live aussi entre dans le cercle du *princeps*. Auguste assiste à des lectures publiques, organise des concours de poésie. La vie mondaine devient importante, où les femmes tiennent une grande place.

OVIDE, UN ÉCRIVAIN DE DEUXIÈME GÉNÉRATION

Cependant, si Virgile ou Horace sont les modèles d'Ovide, ils ne sont pas ses contemporains. Ils appartiennent à la période de transition entre le classicisme républicain et cette littérature inspirée par le pouvoir. Ovide, lui, représente une nouvelle génération, qui n'appartient qu'en partie au siècle d'Auguste. Cette nouvelle génération prend conscience du fossé qui s'est creusé entre vie privée et vie publique, elle regrette que les intellectuels ne soient plus que des lettrés confinés dans un loisir élégant. La prose est beaucoup moins pratiquée. Elle avait été liée, durant la République, à l'éloquence, à la philosophie, à l'histoire, c'est-à-dire à des domaines de la pensée qui sont devenus suspects au nouveau régime.

La poésie, en revanche, peut s'épanouir, et c'est dans le domaine poétique qu'Ovide va s'illustrer. Rome retrouve ainsi les conditions politiques et littéraires qu'avait connues la Grèce durant la période qu'on appelle l'*alexandrinisme*, qui s'étend de 323 avant J.-C. à 146 avant J.-C. c'est-à-dire de la conquête de la Grèce par Alexandre le Grand à l'invasion de la Grèce par les Romains, et durant laquelle la culture s'épanouit à Alexandrie. Les lettrés romains de la période d'Auguste lisent avec beaucoup d'intérêt les poètes grecs de cette période alexandrine (Théocrite, Callimaque) et s'en inspirent pour créer une poésie légère, essentiellement élégiaque.

Ovide, écrivain de la deuxième génération, a donc à l'arrière-plan deux modèles : d'une part, les poètes grecs alexandrins, Callimaque en particulier ; d'autre part, la première génération des poètes latins disciples des Alexandrins : Catulle, Virgile, Tibulle, Horace, et surtout Properce. Venant après ces grands classiques, Ovide les prolonge mais en transformant la tradition qu'ils véhiculent : il est brillant, certes, mais moins sobre et plus épris de forme que de fond.

UNE LITTÉRATURE LÉGÈRE MAIS REBELLE

Cette période voit donc s'épanouir une littérature qui n'est qu'en partie conforme à ce que voulait Auguste. Celui-ci, tout en détruisant l'idéal politique républicain, rêvait de restaurer la vieille morale romaine, austère et religieuse. Il n'y réussira pas. Malgré ses consignes, l'austérité ne se lit guère chez les poètes latins de cette époque (les amours décrites par Ovide sont loin d'être austères !) et la religion nationale n'est pas non plus très exaltée. La guerre même, qui avait été le point de référence des Romains durant la période des grandes conquêtes, est maintenant transformée en une exaltation de la paix. L'attachement politique au régime, qui était fort chez Virgile ou Horace, n'est plus guère perceptible dans la génération suivante. L'hypocrisie que constitue le maintien des formes extérieures de la République n'incite pas à une adhésion enthousiaste au nouveau régime. On en vient donc à une littérature beaucoup plus tournée vers l'individu que vers les valeurs civiques.

2 Une composition alexandrine

L'alexandrinisme est un courant qui s'est développé en Grèce entre le IIIe et le IIe siècle avant J.-C., après la période classique. Il se caractérisait par une attention croissante à la forme par rapport au fond, à une utilisation abondante de la mythologie et de la poésie, et à une plus grande attention apportée aux petits genres. Cela aboutit à une littérature précieuse et qu'on qualifie souvent de baroque. L'alexandrinisme s'acclimate à Rome au Ier siècle, à une époque où les conditions culturelles et politiques qui y sont réunies ressemblent à celles de la Grèce du IIIe siècle. La composition des *Métamorphoses*, par bien des aspects, est comparable aux productions alexandrines. En particulier, elles présentent un certain flou dans la composition que l'on ne dissipe qu'en repérant les points qui créent l'unité derrière une apparence de désordre.

DES LIVRES SANS UNITÉ

Les « livres » sont des sortes de chapitres. Ce sont les divisions habituelles des ouvrages antiques. On parle de « chants » pour l'*Iliade* parce que le souvenir que cette épopée était accompagnée de musique est encore vivace chez les grammairiens qui ont découpé ces textes. Ce sont les grammairiens alexandrins, au IIe siècle avant Jésus-Christ, qui ont découpé l'*Iliade* et l'*Odyssée* en chants, et ils l'ont réalisé de manière très artificielle, en les faisant s'achever et commencer à des endroits qui ne supposent aucune unité. Les livres des *Métamorphoses* imitent cette hétérogénéité.

Ainsi, Orphée est au centre du livre X, mais son histoire déborde sur la moitié du livre XI. Le livre XI semble particulièrement décousu, puisqu'il contient les histoires de Midas, puis certains épisodes qui paraissent sans lien entre eux. Pourtant, le lien existe. Tous les personnages évoqués ont un rapport avec la ville de Troie, et la deuxième partie du livre XI est une sorte de préhistoire de Troie.

Enfin, le livre XII est structuré par la guerre de Troie, puisqu'il commence au moment où les Grecs s'apprêtent à entrer dans la ville et s'achève avec la mort d'Achille. Mais au milieu du livre se trouvent des récits qui se sont déroulés avant la guerre de Troie.

On remarque, dans tous les livres des *Métamorphoses*, cette structure par juxtapositions d'histoires. On pourrait croire que c'est là pure négligence de composition. Or, l'étude du texte permet de découvrir que la composition comporte une unité certaine, mais qui n'est pas une unité de type classique.

UNE STRUCTURE FONDÉE SUR LA VARIATION DES NARRATEURS

Une des manières par lesquelles le texte se structure formellement, c'est la variation des narrateurs.

Des narrateurs substituts de l'auteur

Dans les épopées traditionnelles, il est fréquent qu'une partie du récit soit racontée par un personnage. Tel est le cas d'Ulysse dans l'*Odyssée* : il fait naufrage dans l'île des Phéaciens et, accueilli chez Alcinoos, raconte la première partie de son voyage. Virgile dans l'*Énéide* utilise le même procédé : Énée fait naufrage, est accueilli chez Didon et lui raconte son voyage depuis Troie. Mais chez Ovide, les narrateurs sont divers. Ce sont des narrateurs-relais qui prennent la parole sans nécessité structurelle forte.

Ainsi, peu après le début du livre X, Orphée prend la parole, et c'est lui qui raconte toutes les légendes de la suite du livre X.

Mais à la fin du livre X, la dernière légende, celle d'Atalante, est racontée par Vénus, personnage d'un récit d'Orphée, qui devient une narratrice de troisième niveau.

Au livre XI, c'est Céyx qui raconte la métamorphose de Daedalion et Chioné.

À la fin du livre XI, c'est un vieillard, assis sur la grève, qui, en voyant voler Céyx et Alcyone, se remémore et narre l'histoire d'Ésaque transformé en plongeon.

Au livre XII, Nestor, durant un banquet qui interrompt la guerre de Troie, raconte l'histoire de Cénée, le combat des Lapithes et des Centaures, et l'aventure de Périclymène.

L'essentiel des récits de ces trois livres est donc raconté de façon indirecte par des personnages. C'est cette fréquence et cette absence de motivation impérieuse qui désignent un procédé alexandrin. Ce procédé est un jeu énonciatif formel, certes, mais qui n'est pas pour autant inutile.

Des narrateurs révélateurs du jeu sur l'écriture

En fait, par ce procédé, la forme de l'histoire et le fond se mêlent. Ces récits mis en abyme sont le moyen de confondre le niveau de l'histoire racontée et le niveau de l'écriture. Orphée unifie ainsi le livre X : ce n'est pas seulement en tant que personnage qu'il est important, mais aussi en tant que poète emblème de la poésie (un peu comme le livre-objet est souvent symbolique de l'écriture dans le Nouveau Roman). Quand Orphée, qui est décrit comme le modèle de tout poète, parle, on se demande si c'est sa parole magique et persuasive qui est à l'œuvre ou bien celle d'Ovide. Orphée raconte des histoires d'amour tristes par lesquelles il berce sa peine de personnage et par lesquelles il berce aussi le lecteur en lui montrant les souffrances de l'amour autrement que par sa propre histoire.

Prenons un autre exemple : quand un vieillard inconnu sur la grève prend la parole pour raconter l'histoire d'Ésaque, à la fin du livre XI, il semble que ce personnage sorte du cadre du récit pour nous faire éprouver tout à coup une double réalité : celle, ornithologique, de ces oiseaux métamorphosés ; celle, d'autre part, de la fiction de la métamorphose : le vieillard se trouve-t-il sur la même grève qu'Alcyone au moment de son saut ? Sommes-nous dans la « réalité » ou dans la légende ?

Enfin, quand Nestor, au livre XII, insère ses souvenirs personnels dans le récit du combat des Lapithes et des Centaures, cet épisode, censé être une épopée, prend le tour familier d'un souvenir personnel, et le récit se charge d'une affectivité qui contribue à réduire son caractère épique.

DES EFFETS D'ÉCHO

Les œuvres alexandrines ne bénéficient pas en elles-mêmes d'une unité structurelle, mais elles créent cette unité par des rapprochements textuels subtils. De même, chez Ovide, beaucoup d'éléments d'unité ne se situent pas dans la macrostructure de l'œuvre mais dans des effets d'écho d'une légende à l'autre.

Une unité de motifs ou de thèmes

Ainsi, le début du livre X montre le désespoir d'Orphée à la mort d'Eurydice, et la fin du livre XI décrit celui d'Ésaque à la mort d'Hespérie piquée par un serpent, comme si se fermait une série de récits (d'amour) et s'en ouvrait une autre (de guerre). Au livre X (« Pygmalion », p. 330), Pygmalion n'ose pas demander que sa statue devienne une femme ; il demande seulement « une femme semblable à la vierge d'ivoire ». Or, page 333, sa descendante, Myrrha, amoureuse de son père, demande à celui-ci de lui donner pour époux « un homme qui [lui] ressemble ». Par cet effet de résonance, les deux épisodes apparaissent comme liés dans le monstrueux. D'ailleurs, de Pygmalion à Adonis, dans cette deuxième partie du livre X, tous les personnages sont liés par la filiation, ce qui renforce l'unité de ces récits et l'impression de généalogie maudite.

Une impression de juxtaposition

En revanche, cette composition par « écho » a l'inconvénient de ne jamais imposer de structure forte. *Les Métamorphoses* donnent l'impression de juxtaposition, même quand tel n'est pas le cas. Ainsi, dans l'épisode de Laomédon et Hésione, dans la seconde moitié du livre XI, quand Ovide raconte comment les fondateurs de Troie ont offensé d'abord Apollon, puis Hercule, ce pourrait être le moyen d'expliquer la guerre de Troie (qui fait l'objet du livre suivant) comme le résultat d'une malédiction des dieux à la naissance de la ville. Mais cela n'est pas dit et du coup cette histoire, qui ne comporte en outre aucune métamorphose, semble simplement anecdotique alors même qu'elle tisse un réseau qui conduit à la guerre de Troie.

LE MÉLANGE DES GENRES

La tradition alexandrine

L'Antiquité connaît une hiérarchie des genres très stricte, que reprendra l'époque classique en France. Les grands genres sont l'épopée et la tragédie. Tout le reste, et en particulier la poésie lyrique, élégiaque, amoureuse, renvoie à des « petits » genres. Or, les alexandrins s'intéressent aux petits genres. Ils écrivent des *bucoliques*, type de poèmes d'amour où les amoureux sont des bergers et des bergères ; des *idylles* et des *églogues*, autres poèmes d'amour très proches des bucoliques qui évoquent aussi l'amour dans des cadres champêtres, pleins de sources, de bosquets et de gazon semblable à celui où s'étend Vénus, à la fin du livre X, avant de raconter l'histoire d'Atalante (p. 340). D'autre part, très influencés par l'enseignement des rhéteurs, qui apprenaient à imiter formellement des scènes d'épopée ou de tragédie, les poètes alexandrins aiment à mélanger les genres, et en particulier à insérer des « extraits » de grands genres dans leurs productions poétiques mineures, créant ainsi des distorsions de style. De même que La Fontaine, dans ses *Fables*, prend parfois un ton épique, comme au début des « Animaux malades de la peste » (VII, 1) ou des « Deux Coqs » (VII, 13) pour évoquer une réalité familière, de même les poètes alexandrins s'amusent à imiter les grands genres que sont l'épopée et la tragédie dans les petits poèmes d'amour qu'ils composent.

La pratique des récits hybrides

Ovide fait de même. Il insère dans la structure de ses livres des passages qui empruntent à l'épopée et à la tragédie leur ton et leur forme. C'est le cas de l'épisode de Myrrha (livre X) qui est traité comme une tragédie, et celui de l'épisode des Lapithes et des Centaures (livre XII) qui est traité comme une épopée. Certes, ce qui différencie Ovide de ces poètes, c'est que la dimension même de son œuvre est épique. *Les Métamorphoses* ne sont pas de petits poèmes, mais Ovide a un mode de composition particulier : il organise la grande structure des *Métamorphoses* comme la juxtaposition d'épisodes courts qui, selon les cas, empruntent à tel ou tel registre et se rattachent à tel ou tel genre. C'est par là qu'Ovide rejoint la pratique alexandrine.

LE MANIÉRISME DU RÉCIT

Cette pratique entraîne une tendance qui caractérise la poésie alexandrine et aussi celle d'Ovide : la tendance au *maniérisme*. Au sens propre, on appelle maniérisme, en peinture, l'imitation de la *manière* d'un peintre sans imitation du fond. C'est un courant qui s'est développé en Italie à partir de 1520. Ce n'est donc pas un terme antique, mais il peut permettre de saisir une pratique alexandrine essentiellement centrée sur la forme. Les peintres qui imitent la manière d'un autre peintre, s'intéressent moins au sujet du tableau qu'à la manière dont il est peint. De même, Ovide donne souvent l'impression de traiter un sujet en fonction de ce qu'un auteur en a dit avant lui plutôt que par intérêt pour ce sujet.

Le sujet même des métamorphoses a été mille fois utilisé dans la poésie antérieure à Ovide, et certains épisodes qu'il choisit de traiter sont des clins d'œil littéraires.

Ainsi, l'histoire d'Orphée descendu aux Enfers chercher Eurydice est le passage le plus célèbre du livre IV des *Géorgiques* de Virgile. Or, Ovide, dans le traitement qu'il en fait au livre X, ne fait pas du tout porter l'accent du récit sur les points qui suscitent l'émotion chez Virgile. Au lieu de s'attarder sur le drame amoureux, il accélère le récit. Il décrit longuement l'effet que le discours d'Orphée a sur les habitants des Enfers, qui s'immobilisent et sont émus. En revanche, la remise d'Eurydice, sa remontée et sa seconde mort sont racontées très rapidement. Ce qui compte, pour Ovide, c'est qu'Orphée apparaisse comme le symbole de la parole poétique séductrice et persuasive, un double de lui-même en quelque sorte.

De même, au livre XI, les diverses métamorphoses de Thétis pour échapper à Pélée, sont imitées – encore – du livre IV des *Géorgiques* de Virgile, où c'est le devin Protée qui se transforme pour ne pas avoir à rendre d'oracle. Cet épisode est si célèbre que les métamorphoses de Thétis suscitent davantage, chez le lecteur, un sourire de connivence intellectuelle que d'émotion.

Au livre XII, le procédé employé par Ovide est un peu différent. La guerre de Troie évoque immédiatement Homère. C'est avec cet immense auteur que l'auteur des *Métamorphoses* doit rivaliser. Or, Ovide va sans cesse évoquer l'*Iliade*, mais pour mieux la contourner, en ne traitant finalement aucun des grands épisodes de la guerre de Troie. Le livre XII ne suscite pas du tout l'émotion que font naître les récits homériques. Cela est dû au fait que le maniérisme ne joue pas le jeu de l'émotion suscitée par une situation. Il la décrit avec la distance d'un imitateur.

PARODIE ET BAROQUE

La parodie

Le maniérisme est ce qui caractérise le mieux l'alexandrinisme. Il explique une autre tendance du texte : l'impression permanente de parodie. À force d'imiter et de pratiquer la réécriture, Ovide donne à juste titre l'impression de traiter avec légèreté ses modèles, de s'en moquer un peu. En établissant souvent une distance entre son sujet et la manière dont il le traite, il n'est jamais tout à fait au premier degré et la forme prend le pas sur le contenu. Qu'il s'agisse de la tempête, dans l'épisode de Céyx et Alcyone au livre XI, ou du combat des Lapithes et des Centaures au livre XII, nous sommes constamment dans l'hyperbole, dans la « super » épopée, ce qui fait finalement sourire.

Le baroque

On est souvent amené, avec Ovide, à évoquer la notion de *baroque*. Cette notion est bien évidemment étrangère à Ovide si on considère le baroque comme le courant littéraire qui se situe entre la Renaissance et le classicisme. Mais on a donné du baroque une définition plus large et plus intéressante pour nous : le baroque serait une tendance permanente de l'esprit humain et de la création artistique ou littéraire[1]. Le baroque et le classicisme apparaîtraient donc comme deux constantes opposées. Le baroque serait la voix de l'inconscient contre la dictature trop rationnelle du conscient. Par cette définition, l'alexandrinisme d'Ovide rejoint tout à fait les critères du baroque. Les procédés que nous venons de décrire correspondent à ceux des textes baroques. On peut les résumer par l'art de décomposer et de reconstruire le discours d'une manière différente, d'abord en mettant au premier plan ce qui était secondaire, ensuite en donnant la primeur à la profondeur

1. Eugenio d'Ors, *Du baroque*, traduction française, Paris, Gallimard, 1935. Voir aussi Claude-Gilbert Dubois, *Le Baroque, profondeur de l'apparence*, Paris, Larousse Université, 1973, en particulier p. 19-42.

par rapport au plan linéaire organisé, enfin en privilégiant le mouvement par rapport aux éléments statiques. D'ailleurs, pour illustrer le baroque, les critiques évoquent souvent le motif de la métamorphose. Le style baroque d'Ovide succède et s'oppose au classicisme de Virgile ou d'Horace.

3 Une épopée ?

LES CRITÈRES DE L'ÉPOPÉE

Un long récit héroïque

Le terme *épopée* implique, au sens strict, la notion de narration longue (le plus souvent en vers) et d'actions exceptionnelles, héroïques et merveilleuses. Or, ces éléments de définition correspondent bien aux *Métamorphoses*. La tempête qui engloutit Céyx au livre XI, dans l'épisode de « Céyx et Alcyone » (p. 368-371), possède tous les éléments du récit merveilleux et héroïque, en particulier avec la description de la lutte contre les éléments qui unit les marins et qui s'achève par la défaite. Ovide traite tout le passage en s'inspirant de la tempête de l'*Odyssée*.

L'hexamètre dactylique, le vers de l'épopée

Les *Métamorphoses*, par ailleurs, se présentent sous la forme d'un long poème en hexamètres dactyliques. Or, ce vers, qui correspond à notre alexandrin, est réservé dans l'Antiquité à la poésie épique. Ovide ne l'utilise d'ailleurs que dans cet ouvrage, le reste de son œuvre se rattachant plutôt à la poésie lyrique et élégiaque.

Une chronologie épique

Dans le prologue des *Métamorphoses* (p. 42), Ovide annonce vouloir, avec l'aide des dieux, conduire « ce poème depuis les plus lointaines origines du monde jusqu'à [s]on temps ». Cette chronologie ambitieuse qui englobe l'histoire du monde, oriente vers la définition de ce poème comme une épopée.

Des procédés oraux

L'épopée implique également la reproduction de procédés oraux rappelant ceux de l'aède originel, qui s'accompagnait d'un instrument de musique. C'est le cas chez Ovide, où de nombreux procédés reproduisent cette relation orale. Le narrateur ne s'adresse pas au lecteur ; en revanche, il s'adresse souvent à ses personnages en les interpellant à la deuxième personne, comme dans l'épisode de Cyparissus :

> Personne ne l'aimait autant que toi, ô le plus beau des Habitants de Céos, Cyparissus (livre X, « Cyparissus », p. 324).

L'épopée implique aussi que le narrateur soit à la fois omniscient et extérieur à l'action. Mais cela n'empêche pas qu'il cède parfois la place à un autre narrateur (Ulysse, Énée racontent directement une partie de leurs aventures). Or, chez Ovide aussi, le narrateur extérieur cède parfois la parole à un personnage, comme Orphée ou Nestor. Dans le cas d'Orphée, on se trouve ainsi dans la situation du poète originel qui raconte oralement des histoires en s'accompagnant d'un instrument de musique, ce qui renforce l'illusion d'oralité.

DES ÉLÉMENTS STRUCTURELS QUI ÉLOIGNENT DE L'ÉPOPÉE

Mais l'épopée implique d'autres critères auxquels n'obéissent pas *Les Métamorphoses*.

Le manque d'unité d'action

Au chapitre 23 de la *Poétique*, Aristote écrit que les récits de fiction doivent être composés comme des drames, autour d'une seule action entière et complète, et au chapitre 9, définissant les récits à épisodes comme ceux où « les épisodes entretiennent entre eux un lien qui n'est ni vraisemblable ni nécessaire », il condamne ce genre de structure.

Or, Ovide expose bien un récit à épisodes et, la plupart du temps, rien ne vient souder les divers éléments de ces récits sinon le motif de la métamorphose.

Un récit trop psychologique

Les auteurs d'épopée racontent mais n'expliquent pas l'action. Ils exposent les faits avec une puissance et une énergie constantes qui excluent l'attention aux détails. Au contraire, Ovide s'intéresse constamment aux détails et a tendance à commenter l'action. Il décrit avec finesse les raisons psychologiques d'un acte plutôt que de présenter abruptement l'action. Ainsi, quand Virgile, dans les *Géorgiques*, raconte comment Orphée perd Eurydice une seconde fois, il fait tenir à l'héroïne un discours de désespoir qui n'entre pas dans un raisonnement psychologique :

> Quelle est, dit-elle, cette folie qui m'a perdue, malheureuse que je suis, et qui t'a perdu, Orphée ? quelle folie ? Voici que pour la seconde fois les destins cruels me rappellent en arrière et que mes yeux se ferment, noyés dans le sommeil. Et maintenant, adieu ! je suis emportée dans la nuit immense qui m'entoure et je tends vers toi des mains impuissantes, hélas ! je ne suis plus à toi[1] !

On est bien, là, dans la grandeur épique.

Ovide, au contraire, ne fait pas parler Eurydice mais entre dans des considérations psychologiques :

> En mourant pour la seconde fois elle ne se plaint pas de son époux (de quoi en effet se plaindrait-elle, sinon d'être aimée ?) ; elle lui adresse un adieu suprême, qui déjà ne peut qu'à peine parvenir jusqu'à ses oreilles et elle retombe à l'abîme d'où elle sortait (livre X, « Orphée et Eurydice », p. 322).

Autre exemple, le palais de la Renommée, au livre XII, au début de la guerre de Troie : ce palais est une pure allégorie qui, en tant que telle, correspond tout à fait au style de l'épopée. Mais juste après, cette « Renommée » que nous pourrions aussi traduire par

1. Virgile, *Géorgiques*, livre IV, v. 494-498, trad. E. de Saint-Denis, Paris, Les Belles Lettres, 1974.

« la rumeur publique » devient, au début de l'épisode d'Achille et de Cygnus, la justification psychologique du fait que les Troyens ont été prévenus de la venue des Grecs :

> Elle avait répandu la nouvelle que des vaisseaux grecs arrivaient, chargés de vaillants soldats (« Achille et Cygnus », p. 383).

L'allégorie, là, disparaît et le mot redevient neutre.

Un style qui n'est pas toujours élevé

Cette psychologisation du récit le fait parfois tomber dans le quotidien, si bien que le style élevé, obligatoire dans l'épopée, disparaît au profit d'un style « bas » qui, selon les rhéteurs antiques, est celui qui ne doit jamais être employé pour l'épopée. Le réalisme des détails qui caractérise les descriptions d'Ovide ne va pas dans le sens du style élevé de l'épopée. On peut le constater au livre XII, dans ce passage du combat des Lapithes et des Centaures où le magnifique cratère[1], objet épique, devient un vulgaire projectile qui provoque des blessures horribles :

> Il se trouvait là un antique cratère que rehaussaient des figures en relief ; plus puissant encore que cette masse, le fils d'Égée, dressé sur ses pieds, le soulève et le lance à la tête de son adversaire. Celui-ci vomissant à la fois par sa blessure et par sa bouche sa cervelle mêlée à des flots de sang et de vin, tombe sur le dos et bat de ses talons le sable humide (livre XII, p. 389-390).

L'horreur des blessures fait oublier la noblesse épique du cratère.

Une absence de héros

En outre, le récit d'Ovide manque d'un élément fondamental qui sert traditionnellement à définir l'épopée : en effet *Les Métamorphoses* ne comportent pas de héros, et en particulier pas de héros à la tête d'une communauté comme on en trouve dans l'*Iliade* ou l'*Énéide*. Cette absence ou cette trop grande

1. *Cratère* : gros vase en bronze dans lequel on met le vin.

abondance de héros engendre un manque d'unité. Les diverses légendes ne sont pas celles d'un même personnage et le motif de la métamorphose ne peut à lui seul constituer un élément unificateur.

L'ironie et la parodie

Enfin, alors que le narrateur épique adhère à son histoire, Ovide n'est jamais loin de l'ironie. Ainsi, au livre XII, lorsqu'il expose le combat des Lapithes et des Centaures, il traite le genre épique avec légèreté et distance, il le parodie, manquant de la profonde adhésion du poète à son récit qui caractérise l'épopée. À cet endroit du texte, le lecteur attend le récit de la guerre de Troie. À sa place, il a droit à un combat d'une violence féroce. Le caractère hyperbolique du texte ne sert pas à magnifier les actions décrites, comme dans l'épopée. Au contraire, ces actions purement destructrices et provoquées par l'ivresse connotent la violence absurde et barbare et non la grandeur épique. Ovide utilise la forme épique mais cache derrière elle une dénonciation des valeurs qu'elle transporte en les identifiant avec une violence inutile, bien éloignée des désirs d'Auguste de magnifier la grandeur de Rome par les valeurs guerrières. Il y a une dimension subversive dans ce dévoiement caché de l'épopée.

DES PROCÉDÉS PARODIQUES DE L'ÉPOPÉE

En fait, si *Les Métamorphoses* peuvent passer pour épiques, c'est par une série de procédés qui relèvent, de la part d'Ovide, du pastiche épique à la manière alexandrine.

L'alternance récit-discours

Ainsi, la narration impersonnelle est constamment interrompue, comme dans l'épopée, par des dialogues où les personnages s'expriment directement. Dans le combat d'Achille et de Cygnus, au livre XII, parodie du combat de l'*Iliade* entre Achille et Hector, les personnages se parlent longuement tout en combattant : « Fils d'une déesse, dit Cygnus, car la Renommée m'a déjà appris qui tu es, pourquoi t'étonnes-tu de ne pas m'avoir blessé [...] » (p. 384) et leur discours s'achève par « il dit », comme dans l'*Iliade*.

Les comparaisons épiques

Les Latins ne recourent guère aux métaphores, répugnant à des images qui paraissent trop hardies. En revanche, en grec comme en latin, une des caractéristiques très visibles du style épique est l'emploi de longues comparaisons qui développent largement le comparant. Ovide utilise ce procédé. Ainsi, au livre X, une comparaison entre un arbre frappé par la hache et dont on ne sait de quel côté il tombera, sert à décrire les hésitations de Myrrha dans l'épisode du même nom (p. 333), la comparaison laissant entendre que le choix sera de toute façon une chute. Plus épique encore (presque trop) une longue comparaison, dans l'épisode de « Céyx et Alcyone », au livre XI, durant la tempête, assimile la vague suprême à un soldat :

> [...] il arrive parfois qu'un soldat, plus brave que tout le reste de la troupe, après avoir tenté à plusieurs reprises d'escalader les remparts d'une ville en état de défense, réussit enfin à prendre pied au but espéré ; enflammé de l'amour de la gloire, entre mille guerriers, il s'empare du mur à lui tout seul ; ainsi, après que les lames ont neuf fois battu les flancs élevés du navire, une dixième plus énorme et plus haute se rue en avant et ne cesse d'assiéger la coque fatiguée que lorsqu'elle s'abat à l'intérieur de ses remparts, comme si elle la prenait d'assaut (livre XI, p. 369-370).

Cette comparaison est si longue et développe si longuement le comparant que l'image du soldat et de l'assaut est hypertrophiée et domine par rapport à la description de la vague.

Périphrases et allégories

Ovide utilise d'ailleurs tous les procédés de l'image propres à l'épopée, telles les périphrases homériques qui désignent souvent le personnage par son ascendance ou sa descendance.

Apollon est ainsi « fils de Latone » au début de l'épisode de « Laomédon et Hésione » (livre XI, p. 357), le devin Calchas est appelé « fils de Thestor » dans l'épisode des « Grecs à Aulis » (livre XII, p. 381), ce qui donne de la grandeur au personnage et renvoie au style homérique. Ovide développe aussi, tout au long des *Métamorphoses*, des allégories qui deviennent autonomes, comme celles du palais du « Sommeil », au livre XI ou de « La Renommée », au livre XII.

Ces procédés ont souvent quelque chose de parodique, comme la comparaison de la vague citée plus haut, par leur longueur même. La parodie se note aussi à la tonalité particulière que revêt l'allégorie : le palais du Sommeil, d'abord assimilé à un palais de la mort, finit par devenir le repaire d'un dieu languissant et heureux qui « laisse retomber sa tête et l'enfouit dans les profondeurs de sa couche » (livre XI, « Le sommeil », p. 374).

UN ESPRIT ÉPIQUE

Mais, de manière plus profonde, si *Les Métamorphoses* sont épiques, c'est dans la mesure où elles touchent de très près au mythe. Ce mot est très galvaudé de nos jours et on lui accorde une extension un peu magique. Il faut simplement remarquer qu'Ovide utilise la mythologie d'une manière extrêmement puissante.

Récit de fiction et récit historique

Aristote, qui ne s'intéressait qu'à la structure formelle des récits, distinguait strictement, dans la *Poétique*, le récit de fiction qui raconte ce qui *pourrait exister*, du récit historique, qui raconte ce qui *a existé*. Cependant, histoire et mythe ne sont pas si éloignés l'un de l'autre. Georges Dumézil a montré, il y a quelques années, que si les Grecs avaient organisé leur passé pré-historique en inventant la mythologie, les Latins, eux, orientaient d'emblée leurs récits vers l'histoire. Les Grecs ont tendance à raconter l'histoire de leurs origines avec des mythes, donnant à l'histoire du monde une forme mythologique ; les Latins, pour leur part, donnent une forme historique à leurs légendes, comme celle de Romulus, dont les historiens latins font le premier roi de Rome.

La mythologie au service de l'histoire

Or, Ovide s'empare d'un matériau non latin, la mythologie de la métamorphose, pour l'orienter vers l'histoire du monde. Parti de la naissance du monde et du déluge, il en vient à l'apothéose d'Auguste : autrement dit, il traite un matériau grec dans un esprit latin, en l'orientant explicitement vers une chronologie historique. En cela, il donne à cette chronologie une « vérité » qu'elle n'aurait pas si elle restait simplement mythologique et il rejoint les grandes épopées fondatrices, telles celles de l'Inde ou des peuples celtiques, qui mêlent mythe et histoire, et même fondent l'histoire nationale sur le mythe.

Le récit de l'histoire du monde

Ovide s'inspire, certes, des poètes alexandrins, qui avaient déjà songé à regrouper toutes les transformations de dieux ou d'hommes en animaux, en plantes, etc. Mais il s'inspire aussi d'un poète grec très ancien, Hésiode, qui, au VIIIe siècle avant J.-C., avait écrit une *Théogonie*. Ce poème, comme toutes les épopées primitives, raconte les plus vieilles légendes de la mythologie grecque en établissant une généalogie des dieux. Chez Ovide, on retrouve un peu de cette inspiration théologique, en particulier dans le premier livre des *Métamorphoses*, qui reprend les mythes d'Hésiode pour raconter les origines du monde, la séparation des éléments, la création de l'homme, les quatre âges (d'or, d'argent, de bronze et de fer), et le déluge, tous thèmes qui rejoignent ceux de la Bible.

Cet aspect est moins sensible dans les livres X à XII. Pourtant, avec la mise en place, par exemple, du mythe d'Orphée, le poète qui persuade, Ovide semble bien avoir une ambition cosmique. Même si, dans le détail, l'impression dominante est celle d'une légèreté anecdotique ou parodique, Ovide crée une sorte d'histoire mythique du monde, où l'humanité entière est englobée et comme justifiée philosophiquement par la métamorphose.

4 Temps et lieux

Nous avons vu qu'Ovide, au début des *Métamorphoses,* caractérise son œuvre par une forte structure temporelle, puisqu'il prétend mener son poème « depuis les plus lointaines origines du monde jusqu'à [s]on temps » (début du livre I, p. 42). Or, on se rend compte que la chronologie est souvent difficile à cerner dans les *Métamorphoses*. Il est parfois plus éclairant de s'attacher aux lieux.

LA CHRONOLOGIE

Les grands découpages temporels

Il est impossible de résumer *Les Métamorphoses*, sinon en ayant recours à de grands découpages. Ovide fait défiler, en quinze livres, des centaines de fables dans lesquelles l'humanité se trouve représentée à toutes les périodes. On peut résumer ainsi le « plan » des *Métamorphoses* : le monde d'avant et d'après le déluge (livre I), l'état barbare et primitif en Thrace (livre II à X), l'état héroïque en Grèce (livre XI à XIII), l'état civilisé en Italie (livres XIV et XV), transformations successives devant aboutir à l'histoire romaine et à l'apothéose d'Auguste. Cependant, entre les livres II et X, il est difficile de distinguer un écoulement du temps qui soit satisfaisant. On peut seulement dire qu'on quitte progressivement le monde primitif pour le monde civilisé. Ainsi, Hercule, héros de transition entre ces deux mondes, personnage à la fois raffiné et fruste, meurt au livre IX.

Les livres X à XII : une période de transition

Les livres X à XII sont à cheval entre l'état primitif de la Thrace et l'état héroïque de la Grèce. Orphée, héros de Thrace, est encore un personnage mythique : au livre X (« Les arbres qui marchent », p. 323), il est appelé « le poète issu des dieux ». Il vit dans une époque où les hommes et les dieux se côtoient. Ainsi, au livre XI, Bacchus ne sait plus où se trouve son ami, le satyre Silène :

> Mais Silène est absent ; il titubait sous le poids de l'âge et du vin, lorsque des paysans phrygiens l'ayant surpris, l'ont conduit enchaîné avec des guirlandes de fleurs, au roi Midas (livre XI, « Midas », p. 354).

Silène peut ainsi passer de la troupe de Bacchus à la cour du roi.

Au milieu du livre XI, on construit les murs de Troie et on s'achemine vers l'âge *héroïque*. Quand on parle d'« âge héroïque », il faut donner au mot *héroïque* son sens plein. La mythologie grecque distingue trois catégories d'êtres pensants : les dieux, les héros et les hommes. Les héros comme Achille, mais déjà aussi comme Pélée, sont des êtres intermédiaires entre les dieux et les hommes et ils vivent également dans une époque intermédiaire, où les liens entre les hommes et les dieux se distendent (on notera la double ingratitude envers les dieux au moment de la construction des murs de Troie, dans l'épisode de « Laomédon et Hésione », livre XI, p. 357-358). L'époque héroïque est celle où domine la fonction guerrière, illustrée par la guerre de Troie.

Le livre XI propose une époque de fondation : fondation des murailles de Troie, par exemple, qui nous situe dans la génération antérieure à l'*Iliade* ; fondation des grandes familles aussi : on nous parle de Laomédon (*ibid.*, p. 357), père de Pélée, lui-même père d'Achille (*ibid.*,« Pelée et Thétis », p. 360).

Une chronologie non linéaire

D'une part, la chronologie d'Ovide, si subtile, n'est pas linéaire. C'est une des caractéristiques de cette œuvre alexandrine que de ne pas proposer les repères attendus habituellement dans les œuvres longues. Au livre XI, on commence à évoquer des éléments qui annoncent la guerre de Troie et on a l'impression, au livre XII, qu'une fois abordée la guerre de Troie, on va passer d'un temps mythique à un temps pré-historique, celui de cette guerre de Troie qui a bien eu lieu historiquement, mais qui a aussi donné lieu à un récit mythologique. Or, dans ce même livre XII, les récits de Nestor sont l'occasion de revenir en arrière et de replonger dans une époque primitive, celle des Centaures. Nestor, dans ces récits du temps passé, se représente jeune et il évoque des héros, tels Thésée et Pirithoüs, qui appartiennent encore à la période primitive.

Le livre XII n'est pas seulement caractérisé par un retour en arrière. Le combat des Lapithes et des Centaures, raconté par Nestor, constitue aussi un principe de composition par contraste en s'opposant à la guerre de Troie. En effet, ce combat met en scène des monstres mi-hommes mi-chevaux qui ont, certes, une ascendance divine, mais qui combattent sans but. Ils représentent, avec leurs réactions primitives, une sorte de négatif des héros que la guerre de Troie a fait surgir.

D'autre part, la chronologie s'insinue parfois là où on ne l'attend pas. Ainsi, au livre X, Orphée raconte une série d'histoires d'amours malheureuses ou maudites. On a donc l'impression que ces épisodes sont unis simplement par un lien thématique. Or, si l'on y regarde de plus près, on s'aperçoit que les derniers épisodes du livre, à partir de celui de Pygmalion, sont unis par un lien de filiation : la statue de Pygmalion, devenue femme, met au monde Paphos (« Pygmalion », p. 329), qui met au monde Cyniras, père de Myrrha (« Myrrha », p. 331), qui met au monde Adonis (« Vénus et Adonis », p. 339). Ovide met ainsi en œuvre une généalogie poursuivie par la malédiction d'amours interdites.

Ainsi, la chronologie n'est pas la structure essentielle pour se repérer dans *Les Métamorphoses*. Ovide réunit certains épisodes par des liens qui ne sont pas seulement ceux de la chronologie.

En revanche, il utilise les lieux d'une manière qui crée une certaine temporalité.

LES LIEUX

Le jeu des déplacements des personnages

Si l'on cherche les procédés par lesquels Ovide nous fait passer d'un épisode à l'autre, on constate que le lieu est aussi important que le temps pour se repérer dans les récits. Par exemple, au début du livre X, c'est par un déplacement du dieu Hyménée, qui passe de Crète en Thrace, que nous en arrivons à l'histoire d'Orphée, sans qu'aucune indication temporelle ne soit fournie.

En fait, l'intention d'Ovide est peut-être de raconter l'histoire de l'humanité, mais ce projet n'est pas son objectif principal. *Les Métamorphoses* sont une œuvre qui joue avec des récits, et Ovide joue avec les lieux comme il joue avec le temps. Le temps n'est donc jamais directement indiqué, mais au contraire, sans que le poète y insiste jamais, il est connoté par des moyens biaisés comme ceux de la localisation. Ainsi, après l'histoire de Midas, c'est encore par le déplacement d'un dieu qu'on s'achemine vers Troie : « Ainsi vengé, le fils de Latone [= Apollon] quitte le Tmolus » (livre XI, « Laomédon et Hésione », p. 357). Or, ce n'est pas par hasard qu'Ovide emploie l'appelation de « fils de Latone » : c'est l'une des périphrases utilisées par Homère pour désigner Apollon. Et Apollon va se rendre auprès de Laomédon, père de Priam, qui s'apprête à bâtir les murs de Troie. Ainsi, on s'approche de la région de Troie mais aussi de l'époque des héros de Troie. D'ailleurs, « quitter le Tmolus », c'est quitter la Thrace. Or, la Thrace, pays d'Orphée, est le lieu de la magie primitive. Passer dans la région de Troie, c'est arriver à la période héroïque. Ainsi, en même temps qu'un déplacement de lieu, c'est un déplacement de temps qui s'opère : on passe de la période pré-historique et barbare à l'époque historique de Troie.

Des lieux symboliques du temps

Le lieu, chez Ovide, a donc une profonde connotation temporelle et symbolique. Globalement, et malgré la non-linéarité qui caractérise *Les Métamorphoses*, en même temps qu'on passe de l'est à l'ouest, de l'Orient à l'Occident, on passe aussi de la période mythique et primitive à la période historique et civilisée. Car, pour Ovide, Orient signifie mythe et primitivité, et Occident, histoire et civilisation.

La Crète est l'île des premières histoires mythologiques (le Minotaure par exemple), elle est le berceau de la civilisation grecque. Entre le livre IX et le livre X, en passant de la Crète à la Thrace, on franchit donc aussi une étape chronologique, on quitte la première forme primitive (l'homme-taureau, le Minotaure) pour passer à une autre forme de civilisation, celle du poète-dieu Orphée. La Thrace, région continentale et montagneuse, est en effet la patrie d'Orphée, qui charme les hommes, les animaux et les pierres.

La Thrace, située au nord-est de la Grèce, est encore une terre d'Orient, donc une terre de mythe. Orphée est lui-même lié aux dieux et aux mythes : s'il vit et meurt comme un homme, il n'en est pas moins fils d'Apollon, de même que les récits qu'il raconte se situent en Orient, dans les îles orientales de la Grèce avec Pygmalion, et en Arabie avec Myrrha. Après la mort d'Orphée, on ne s'achemine pas vers l'Occident. Avec Midas, on passe en Lydie, c'est-à-dire qu'on est encore plus à l'est, sur la côte asiatique, tout près de Troie. Tous ces récits se situent en Orient, et cet Orient connote les débordements, les excès.

Les livres X à XII marquent un déplacement vers l'est qui s'accompagne aussi d'une régression dans le temps, comme on le voit avec le passage, au livre XII, de la guerre de Troie (période héroïque) au combat des Lapithes et des Centaures (période primitive).

Mais, après Troie, le mouvement de l'ouvrage semble être de s'approcher, dans les derniers livres, de la Méditerranée occidentale et en particulier de Rome, centre de la civilisation.

La Thessalie, un lieu magique

Pourtant, quand, à la fin du livre XII, avec « Les combats des Lapithes et des Centaures », on revient d'Asie (Troie) vers la Thessalie, région au nord de la Grèce continentale, donc vers l'ouest, on ne s'approche pas de la culture mais on replonge dans le primitif. La Thessalie est en effet un lieu particulier de la Grèce. Elle est le lieu traditionnel de la magie, et elle foisonne en magiciens. Quand Apulée écrit son roman *Les Métamorphoses* ou l'*Âne d'or*, au IIe siècle après J.-C., son héros, jeune homme transformé en âne, l'est par une magicienne de Thessalie. La Thessalie est donc encore un lieu intermédiaire entre la magie de l'Orient et la rationalité de l'Occident. Or, beaucoup d'épisodes des *Métamorphoses*, et en particulier des livres X à XII, se passent en Thessalie ou en Hémonie, autre nom de la Thessalie. Ainsi, c'est en Hémonie que Pélée s'est uni à Thétis (livre XI, p. 358) ; la Thessalie est donc aussi la patrie d'Achille, appelé « hémonien » au livre XII, dans l'épisode d'« Achille et Cygnus » (p. 384) ; de même, Pélée est purifié de son crime, dans l'épisode du « Loup de Pélée », par l'Hémonien Acaste (livre XI, p. 365). L'épisode de « Céyx et Alcyone » mais aussi celui de « Cénée » se passent en Thessalie, et les Lapithes sont un peuple de Thessalie. Dans tous ces épisodes règne donc une atmosphère de surnaturel primitif lié au lieu.

Au livre XIII, Énée sera le vrai vecteur du passage de l'Orient vers l'Occident : il est celui qui, parti de Troie, ira fonder la ville ancêtre de Rome, faisant vraiment franchir au récit la frontière entre mythe et histoire. Les récits du livre XV, quoique merveilleux, mettent en effet en scène Jules César et Auguste.

5 Un genre hybride ?

Nous avons vu qu'une des caractéristiques du style d'Ovide était le mélange des genres. Les rhéteurs, c'est-à-dire les professeurs de rhétorique de l'Antiquité, cherchaient à distinguer, au plan du style, chaque genre et à en dégager les spécificités. Les étudiants pratiquaient donc beaucoup d'exercices d'imitation et de réécriture, dans lesquels ils devaient développer une scène de tragédie ou d'épopée par exemple. Ovide est élève de ces rhéteurs et l'une des particularités des *Métamorphoses* est que, si l'objectif du poète est bien de raconter des histoires, il est surtout d'imiter des formes en les parodiant. Ovide n'imite pas un genre dans toutes ses composantes, mais il imite certains procédés de ces genres.

L'IMITATION DE LA TRAGÉDIE

Ovide, à plusieurs reprises, utilise l'espace de l'épopée pour développer un dialogue ou un monologue qui fait écho, auprès des lecteurs cultivés de son époque, soit aux tragédies grecques – en particulier celles d'Euripide –, soit aux tragédies latines contemporaines du poète, comme celles de Sénèque. L'épisode de « Myrrha », au livre X, est tout entier construit comme une tragédie sous forme narrative. Nous n'examinerons pas le détail de cette imitation mais relèverons certains des procédés utilisés.

Les monologues tragiques

Au livre X, Myrrha, en proie à une passion incestueuse pour son père, s'interroge en un long monologue construit à la manière des monologues tragiques (« Myrrha », p. 331-333) : plusieurs arguments contradictoires sont successivement développés, qui expriment le dilemme de l'héroïne. Son amour lui apparaît parfois contre nature, parfois permis ; elle voudrait tantôt fuir, tantôt rester et assouvir son désir. On saisit mieux le caractère rhétorique du texte si on le compare au monologue du même genre prononcé par Byblis amoureuse de son frère au livre IX (p. 303 et suiv.), où des arguments de même type sont exposés. Toujours dans l'épisode de Myrrha, Ovide propose un dialogue entre la jeune fille et sa nourrice (*ibid.*, p. 334-335), qui servira de modèle à Racine pour l'aveu de Phèdre à Œnone. De plus, les personnages de la jeune fille, du père et de la servante, dans cet épisode, sont typiques de la tragédie latine.

De même, dans l'épisode d'« Atalante » (livre X, p. 343), Ovide décrit très subtilement la naissance de l'amour chez la jeune fille du même nom. À l'intérieur de son monologue, comme plus tard dans les monologues de la tragédie classique française, Atalante s'adresse (fictivement, car elle pense mais ne parle pas) à un interlocuteur : Hippomène, qu'elle appelle « étranger », et lui dévoile progressivement son amour.

Le récit de messager

On sait que dans les tragédies grecques, nombre de scènes sont rapportées par des messagers. Ces récits servent à éviter de montrer directement une scène violente ou trop complexe. Or, au livre XI, l'épisode du « Loup de Pélée » présente un typique récit de messager : le récit du gardien de troupeau qui vient annoncer l'apparition du loup (p. 363-364). Cependant, si dans les tragédies le récit de messager se justifie par le souci d'éviter une scène violente, dans un texte narratif, il n'y a pas de spectateur. Dans le texte d'Ovide, le récit de messager n'a donc aucune fonction. La fonction en est d'ailleurs d'autant plus retirée que ce long récit qui s'attarde sur la manière dont le loup s'est abattu sur le troupeau, n'a aucun effet sur Pélée : « Le pâtre avait dit, mais Pélée était peu sensible à cette perte » (p. 364). Cet épisode montre bien que la réécriture et l'imitation n'ont pas pour seule fonction de rappeler au lecteur des auteurs et des genres célèbres. Ils permettent aussi, par la parodie, de s'amuser d'une situation mythique en la développant sans raison.

La malédiction tragique

Mais, au-delà de l'imitation du style, Ovide joue aussi avec l'esprit même de la tragédie. Ainsi, dans les tragédies grecques, les personnages sont prévenus du malheur qui les attend par des présages. Au début du livre X, dans l'épisode d'« Orphée et Eurydice », la torche d'Hyménée qui fume, le jour du mariage du poète, l'avertit de son malheur prochain (p. 320) ; de même, des présages négatifs tentent d'avertir Myrrha qu'elle est sur le point d'offenser les dieux :

> Trois fois Myrrha, ayant buté du pied est invitée par ce présage à revenir en arrière ; trois fois le funèbre hibou a fait entendre, pour l'avertir, son cri lugubre (livre X, « Myrrha », p. 336).

Tous ces signes surnaturels constituent des avertissements divins dont l'inutilité augmente le tragique. Mais en même temps, ces présages très latins (les pieds jouent un rôle important dans les présages à Rome) créent une distorsion par rapport à l'atmosphère grecque, autre jeu auquel s'amuse Ovide.

On trouve aussi dans *Les Métamorphoses* le même traitement de la faute que dans les tragédies. Ainsi, dans l'épisode d'« Atalante » (livre X, p. 345), Hippomène est coupable de ne pas avoir remercié la déesse. Celle-ci s'offense de cet oubli mais au lieu de le punir directement, elle lui inspire une autre faute, un sacrilège, qui entraîne un châtiment automatique. Si la première faute était en effet, en quelque sorte, une mauvaise action de type privé, le sacrilège, lui, est une souillure, une tache dans le monde, qu'il faut absolument effacer. Hippomène est donc puni pour ce sacrilège bien que le désir lui en ait été inspiré par la déesse elle-même. Ce mécanisme ressemble tout à fait à la faute d'Œdipe, châtié alors même que les dieux ont voulu et inspiré sa faute. Cette métamorphose expliquée comme une punition montre le poids des dieux sur le monde, tout en critiquant indirectement ici l'attitude perfide de Vénus.

L'INFLUENCE DE L'ÉLÉGIE

Ce qui unifie toute l'œuvre d'Ovide, malgré la variété des sujets abordés, c'est le recours à l'élégie. Le poète dit d'ailleurs, au vers 395 des *Remèdes d'amour*, qu'il a voulu être le « Virgile de l'élégie ».

Définition de l'élégie

En grec, *eleein* signifie « s'apitoyer, prendre pitié », et *elegos* désigne un chant plaintif, un chant de deuil. Les Latins ont emprunté ce mot au grec et ont créé le mot *elegia.* L'élégie, en grec comme en latin, renvoie surtout au départ à un type de vers : c'est un poème écrit en distiques élégiaques (un hexamètre + un pentamètre). Or, les *Métamorphoses* ne sont pas écrites en distiques élégiaques. Si elles sont élégiaques, c'est en tant que poème de plainte mélancolique. Les thèmes de l'élégie latine, même avant Ovide, sont des diatribes contre l'argent, la guerre, les entremetteuses, un rival, une indifférente, ou bien des plaintes sur la maladie, la mort, les funérailles. Dans l'élégie latine, c'est la passion d'amour qui domine l'inspiration, et elle se présente souvent sous forme mythologique.

Dans *Les Métamorphoses*, Ovide réutilise beaucoup à la fois le motif de la plainte amoureuse et celui de la récrimination attristée. Ainsi, dans l'épisode de « Céyx et Alcyone » (livre XI), quand la jeune femme tente de retenir son époux, elle fait entendre des récriminations et des plaintes élégiaques :

> Quelle faute ai-je commise, mon bien-aimé, pour que ton cœur ait ainsi changé ? Qu'est devenu l'amour que tu me témoignais jusqu'ici ? Maintenant, tu peux donc quitter Alcyone sans t'inquiéter de son sort ? Maintenant tu veux entreprendre un long voyage ? [...] (livre XI, p. 366).

Les anaphores de « maintenant » et les questions rhétoriques répétées dénotent la plainte élégiaque.

L'élégie comme registre

L'élégie, dans la poésie grecque et chez les prédécesseurs latins d'Ovide, est toujours traitée dans des poèmes courts. Ovide, dans *Les Métamorphoses*, n'écrit pas des élégies, il insère simplement des plaintes élégiaques dans les discours de ses personnages ou dans ceux qu'il adresse à ses personnages. L'élégie n'est donc plus vraiment un genre mais un registre, qui vient appuyer le pathétique de certaines scènes. Ainsi, quand Apollon déplore la mort d'Hyacinthe au livre X (« Hyacinthe », p. 327), il a recours à des lamentations élégiaques :

> Tu péris, enfant de l'Oebalie, enlevé à la fleur de l'âge [...] ; je vois ta blessure qui m'accuse. Tu es ma douleur et mon forfait ; il faut inscrire sur ta tombe que ma main t'a tué ; c'est moi qui suis l'auteur de ta mort.

Mais ces plaintes sont un peu aussi celles d'Orphée qui, narrateur dans ce passage, prend en charge ce ton élégiaque. Devenu le porte-parole du poète Ovide, il affirme en effet dans l'épisode de « Ganymède » (livre X, p. 325) :

> M'accompagnant d'un plectre plus lourd pour ma main, j'ai chanté les géants et la foudre victorieuse lancée sur les champs de Phlégra. Aujourd'hui, il me faut une lyre plus légère.

Autrement dit, Orphée désire passer de la traditionnelle inspiration épique à l'inspiration élégiaque, plus légère. Ovide a donc une conscience aiguë de la différence des registres en fonction du contenu. Au début du livre XI, le poète s'adresse lui-même à Orphée sous forme élégiaque pour déplorer sa mort, avec tout le vocabulaire de la désolation et du discours funèbre : « Sur toi, Orphée, pleurèrent les oiseaux désolés et la multitude des bêtes sauvages et les durs rochers, et les forêts que tes chants avaient si souvent attirées » (« Mort d'Orphée », p. 351-352). La deuxième personne contribue au ton élégiaque. L'objectif d'Ovide est d'ajouter au lourd projet épique des *Métamorphoses* la légèreté d'une tonalité connue pour être celle d'une mélancolie où domine le pathétique. Alors que l'épopée est sobre dans l'expression des sentiments, la tonalité élégiaque permet de mettre en avant l'émotion des personnages. Or, l'époque d'Ovide est avide de cette extériorisation des sentiments.

DES ÉLÉMENTS DE POÉSIE DIDACTIQUE

Décrire le monde

La poésie didactique est très répandue dans l'Antiquité : elle consiste à développer un sujet théorique, scientifique ou philosophique, sous forme poétique. Le *De rerum natura* de Lucrèce (Ier siècle av. J.-C.), qui expose la philosophie épicurienne, mais aussi les *Géorgiques* de Virgile, qui expliquent comment entretenir correctement un domaine agricole, appartiennent à la poésie didactique. La poésie didactique est donc fort peu « poétique » au départ. Elle l'est parce qu'elle est écrite en vers, et parce qu'elle entretient une certaine poésie de la description, mais chaque fois qu'un auteur de poésie didactique veut « faire de la poésie », il insère dans son projet un thème différent, une digression qui lui permet de sortir du didactisme. Tel est le cas de l'épisode d'Orphée aux Enfers dans les *Géorgiques* de Virgile. Ovide fait le contraire : dans un ensemble à visée épique, souvent agrémenté de divers autres registres également poétiques, comme la tragédie ou l'élégie, il insère des données didactiques.

En même temps qu'il évoque l'évolution du monde, il veut aussi décrire ce monde dans le détail. Ainsi, dans l'épisode des « Arbres qui marchent » (livre X, p. 323-324), quand Orphée, désespéré par la mort d'Eurydice, se met à jouer de son instrument, les arbres arrivent en foule, ils marchent littéralement vers Orphée, mais on a aussi l'impression d'assister à la création des arbres et à l'enrichissement du monde par de nouvelles espèces. Ovide en cite vingt-six, et le fait d'ailleurs avec une variété d'adjectifs et de couleurs qui fait appel à la poésie de l'énumération : « [...] le lotus ami des eaux, le buis toujours vert, les tamaris grêles, le myrte à la double couleur et le laurier-tin aux baies noirâtres » (*ibid.*, p. 323).

Certaines légendes permettent de justifier la naissance d'une coutume. Orphée est le premier à avoir importé en Thrace l'amour pour les jeunes garçons (livre X, « Orphée et Eurydice, p. 323) ; les Propétides sont les premières à prostituer leurs charmes (*ibid.*, « Les Propétides et les Cérastes », p. 328). Au début de l'histoire de Midas, le Pactole ne roule pas encore d'or dans son cours (livre XI, « Midas », p. 353). La légende sert à fournir des causes : c'est ce qu'on appelle sa fonction étiologique. Callimaque, le grand poète alexandrin, avait déjà écrit un recueil de légendes intitulé *Les Causes*, dans lequel il expliquait, sous forme poétique, l'origine de cultes rares. C'est à cette tradition que se rattache Ovide.

Le souci documentaire et réaliste

De plus, avec une précision toute documentaire, presque chacune des histoires racontées par Orphée évoque, en même temps qu'une histoire d'amour, l'historique de fêtes dédiées à différents dieux. Celle de Vénus à Chypre est évoquée dans l'épisode de « Pygmalion », au livre XI :

> Le jour était venu où Chypre tout entière célébrait avec éclat la fête de Vénus : des génisses, dont on avait revêtu d'or les cornes recourbées étaient tombées sous le couteau qui avait frappé leur cou de neige (p. 330).

Mais il évoque aussi la fête de Cérès en Panchaïe (livre X, « Myrrha », p. 336), les Hyacinthies en l'honneur d'Hyacinthe (*ibid.*, « Hyacinthe », p. 328), les Adonies en l'honneur d'Adonis (*ibid.*, « Atalante », p. 347). Tous ces détails, en quelque sorte sociologiques, rappellent l'œuvre antérieure d'Ovide, purement didactique celle-là : *Les Fastes*.

Ce caractère didactique est à rapprocher de la tendance d'Ovide à la précision documentaire. Ainsi, les métamorphoses en oiseaux d'Alcyone et d'Ésaque, au livre XI, réunissent merveilleux et description ornithologique : « En volant elle poussait un cri qui ressemblait à un cri de détresse ; un son plaintif et perçant s'échappe de son bec effilé » (« Le Sommeil », p. 377) : c'est la description du cri de l'alcyon ; « Ses jambes se sont allongées entre leurs jointures ; il lui reste un long cou et une longue distance sépare sa tête de son corps ; il aime la mer ; le nom qu'il porte indique qu'il ne cesse de s'y plonger » (« Ésaque », p. 379) : c'est la description physique du plongeon.

Réalisme et distorsion

Le réalisme qui accompagne forcément la poésie didactique peut d'ailleurs créer une distorsion avec la tonalité épique ou tragique des différents passages. Ainsi l'épisode de « Céyx et Alcyone », tout entier traité comme un roman d'amour, finit par ces mots :

> Ils s'accouplent et se reproduisent ; pendant sept jours sereins de la saison d'hiver, Alcyone couve son nid suspendu sur les flots. Alors, c'est en mer le calme plat. Éole tient les vents sous sa garde, il les empêche de sortir et il assure à ses petits-enfants des eaux tranquilles (livre XI, p. 377).

Ce dernier passage explique donc que les sept jours d'hiver pendant lesquels les alcyons se reproduisent sont généralement des jours de calme plat sur mer. Mais il n'a pas de rapport avec ce qui précède. Toute la légende, avec son long développement pathétique, semble n'avoir eu pour but que d'expliquer la reproduction des alcyons sur la mer, dans le plus pur style de la poésie didactique, qui mêle utilisation de la mythologie et réalités concrètes. Ovide, une fois encore, joue de l'hybridité pour donner à son texte deux tonalités contrastant l'une avec l'autre.

L'intérêt pour des aventures concrètes

Le roman antique existe. Les Alexandrins en ont écrit. Il s'agissait de romans-feuilletons, fertiles en enlèvements, en amours contrariées, en naufrages. Le plus célèbre recueil d'aventures romanesques, *Les Milésiaques*, attribué à Aristide de Milet (IIe siècle av. J.-C.), fut traduit à l'époque de Cicéron et connut un succès extraordinaire. Après Ovide, le *Satyricon* de Pétrone, *Les Métamorphoses* ou l'*Âne d'or* d'Apulée constituent, chez les Latins, de véritables romans, avec une histoire et un héros. Il n'y a pas de héros central chez Ovide mais beaucoup d'éléments romanesques.

D'abord, l'attention aux détails de la vie quotidienne et matérielle. Ovide, au début des « Combats des Lapithes et des Centaures » (livre XII), décrit avec beaucoup de précision les circonstances matérielles du mariage de Pirithoüs :

> Le fils de l'audacieux Ixion [...] avait invité les sauvages fils de la Nuée à s'étendre devant la longue rangée des tables dans un antre qu'un bois cachait sous ses ombrages. [...] La fumée des feux sacrés s'élève dans l'atrium ; entourée d'un cortège de mères de famille et de jeunes femmes, la vierge arrive, éclatante de beauté (livre XII, p. 389).

C'est ainsi qu'est dévoilée la réalité concrète du mariage.

Les histoires d'amour

D'autre part, Ovide développe des histoires d'amour, ingrédient essentiel du roman alexandrin, comme l'épisode de « Céyx et Alcyone » au livre XI. Le modèle imité par le poète dans cet épisode est connu. Mais Ovide accentue le caractère sympathique et émouvant des protagonistes, dans la veine du roman. L'histoire initiale, par exemple, exposait la transformation d'Alcyone en martin-pêcheur, mais ne parlait pas de la transformation parallèle du mari. De plus, dans une version de la légende, c'était pour punir ce couple orgueilleux que les dieux avaient opéré la métamorphose. Or, chez Ovide, la métamorphose est due à la pitié des dieux et ce couple totalement innocent devient le symbole de l'amour fidèle. On remarquera aussi que l'histoire de Cyllare, à l'intérieur des « Combats des Lapithes et des Centaures » (livre XII, p. 395-396), est un roman en réduction : ce beau Centaure, frappé par le javelot d'un inconnu, meurt aussitôt, et son amie Hylonomé se jette sur l'arme pour le suivre dans la mort.

De l'épopée au roman

Selon Mikhaïl Bakhtine, théoricien du roman, le roman existe à partir du moment où l'on passe du récit épique, qui fait référence à un monde représenté au passé, à un genre qui montre les hommes en devenir. Or, quoi de plus « en devenir » que l'univers d'Ovide, dominé par le motif des métamorphoses ? L'épisode le plus romanesque du texte, celui de « Céyx et Alcyone » (livre XI), contient cette dimension : Céyx n'est pas enfermé dans le rôle du roi sage qui accueille Pélée. Son attitude est changeante. Au début de l'épisode qui va le conduire à la mort, il est inquiet et veut aller consulter des oracles. Il est partagé entre le regret de quitter sa femme et son besoin de partir. Durant la tempête, il ne cesse de penser à Alcyone et meurt en l'invoquant. Ce n'est pas là la psychologie du personnage épique. Céyx, avec ses doutes et ses « transformations » successives, est un personnage de roman.

La liberté de choix

Ovide multiplie d'ailleurs les analyses psychologiques, en particulier dans le domaine amoureux, et même si la structure du récit semble montrer un monde épique, où l'homme est dominé par les dieux et le destin, les analyses où sont exposées les raisons qui font agir les héros, expriment la fondamentale liberté de choix de l'être humain. Ainsi, dans ce passage d'« Atalante », au livre X : « Si j'étais plus heureuse, si les destins hostiles ne m'interdisaient le mariage, tu serais le seul avec qui je voudrais partager ma couche » (p. 343), on remarque que la décision de l'héroïne est déjà sur le point de balayer l'interdiction des dieux. Ovide décrit aussi les mille attentions par lesquelles Pygmalion, dans l'épisode du même nom (livre X), manifeste, malgré ses scrupules, sa passion naissante pour la statue qu'il a sculptée :

> Il la pare aussi de beaux vêtements ; il met à ses doigts des pierres précieuses, à son cou de longs colliers ; à ses oreilles pendent des perles légères, sur sa poitrine des chaînettes (livre X, p. 329-330).

Tant de soins renforcent la responsabilité personnelle de Pygmalion dans son état d'homme amoureux.

Au livre XII (« Combats des Lapithes et des Centaures »), Ovide s'applique aussi à décrire la beauté du Centaure Cyllare et les moyens qu'emploie Hylonomé pour lui plaire :

> Elle prend de son corps tous les soins que comporte sa nature ; elle lisse sa chevelure avec un peigne ; elle se fait des guirlandes tantôt de romarin, tantôt de violettes ou de roses [...] (livre XII, p. 395-396).

Le roman semble ainsi naître, dans *Les Métamorphoses*, de la description de la liberté humaine, laquelle implique des choix et des initiatives. Les romans français des XVIIe et XVIIIe siècles devront beaucoup au poème d'Ovide.

L'HYBRIDITÉ, CONSÉQUENCE DU MÉLANGE DES GENRES

Ovide met donc en œuvre un texte profondément hybride où tous les genres se côtoient. Ce procédé répond à une double volonté.

L'hommage rendu aux différents genres

D'une part, le poète semble vouloir rendre hommage aux différents genres en en proposant des sortes d'échantillons dans son œuvre. On est à une époque où la distinction des genres est très sensible, et il sait que ses lecteurs reconnaîtront ces hommages, sortes de clins d'œil entre gens cultivés. Il fait en sorte que chaque situation soit traitée dans le registre qui lui correspond le mieux. Au lieu d'unifier les registres pour fabriquer une œuvre homogène, il décide que dans l'épisode de « Céyx et Alcyone » (livre XI), les adieux doivent être traités sous forme d'élégie – et il renforce leur caractère pathétique –, et que la tempête doit l'être sous une forme épique, etc.

Le jeu avec les genres

D'autre part, Ovide joue avec les genres. Comme le fera plus tard Rabelais, il pousse chaque situation dans le sens d'une exagération parodique. Ainsi, la tempête de Céyx (livre XI) est un concentré de tempête épique, le combat des Lapithes et des Centaures (livre XII) un concentré de combat épique. Les procédés traditionnels, utilisés à outrance, instaurent en fait un genre nouveau, inclassable. On devine, dans cette façon de dénigrer très subtilement les grands genres en les parodiant, un certain désir, de la part du poète, d'aller à l'encontre du désir d'Auguste d'instaurer une littérature sérieuse et édifiante.

Mais du même coup, Ovide fait naître, de ce constant mélange des genres, un type d'œuvre nouveau. Tout se passe comme si, au niveau de l'écriture, son texte était l'objet de métamorphoses constantes comme le sont ses personnages au niveau du récit.

6 La guerre de Troie, présente et absente

LA GUERRE DE TROIE, UNE HISTOIRE MYTHIQUE

Les origines de la légende

Rappelons, pour commencer, que Troie est le nom latin de la ville. Les Grecs l'appellent *Ilion* ou *Pergame*. La guerre de Troie, qui se déroula autour du XIIIe siècle avant J.-C., au nord de la côte asiatique, a bien eu lieu historiquement, mais pour des raisons économiques que la mémoire des peuples a oubliées. En revanche, elle s'est transmise sous la forme d'une légende. En effet, elle donne lieu, au IXe siècle, à une épopée, l'*Iliade*. Plus tard, au VIIIe siècle, une autre épopée, l'*Odyssée*, raconte comment Ulysse rentre chez lui à Ithaque après cette longue guerre.

L'histoire de la guerre

La guerre de Troie, dans la légende, est censée avoir pour point de départ l'enlèvement par Pâris, un des fils du roi de Troie, d'Hélène, la plus belle femme du monde, épouse de Ménélas, roi de Mycènes et frère d'Agamemnon. À la suite de cet enlèvement, tous les chefs grecs décident de partir pour Troie reprendre Hélène et punir la patrie de Pâris. Le conflit est censé durer dix ans.

L'*Iliade* ne raconte pas ces dix ans mais narre les derniers mois de la guerre. Le thème central de l'*Iliade* est la colère d'Achille qui, outré qu'Agamemnon, chef de l'expédition, ait pris une part de son butin, se retire des combats. C'est alors son ami Patrocle qui prend les armes d'Achille pour continuer à impressionner l'ennemi. Mais Patrocle est tué, et Achille, plein de tristesse et de remords, reprend le combat. Il tue le héros troyen Hector. Il sait alors qu'il va mourir aussi, mais l'*Iliade* ne raconte pas sa mort. Enfin, grâce à la ruse du cheval de Troie, les Grecs finissent par entrer dans la ville et vaincre les Troyens. Virgile imagine alors, dans son épopée l'*Énéide*, qui précède de quelques années l'œuvre d'Ovide, que l'un des chefs troyens, Énée, quitte Troie en flammes pour aller fonder une nouvelle patrie, qui sera Rome.

UN ÉLÉMENT IMPORTANT DU PROJET ÉPIQUE ET LITTÉRAIRE D'OVIDE

Un élément de la chronologie

Dans la chronologie d'Ovide, la guerre de Troie tient une place importante, car elle constitue un tournant. Les légendes antérieures des *Métamorphoses* se rapportent à un temps mythique, non situé dans le temps, ou rattaché à un temps lui aussi mythique : âges d'or, d'argent, de bronze (voir livre I, p. 45-47). Le temps de Troie, lui, ressemble davantage à un temps historique. C'est le temps héroïque, celui des guerriers ; c'est aussi un temps qui, avec Énée, ouvre sur l'histoire de Rome. Les événements de la guerre de Troie assurent donc le passage d'un temps à un autre.

Un défi littéraire

Mais ces événements constituent aussi un défi littéraire. La mythologie est un vaste ensemble de légendes orales qui ont été mises en œuvre dans diverses œuvres littéraires grecques et romaines. Ovide puise, après d'autres, dans cet ensemble. Or, la guerre de Troie a été racontée non seulement par Homère mais aussi par les tragédies d'Euripide, par les poètes alexandrins, par les poètes latins. Traiter de la guerre de Troie, c'est donc s'attaquer à un monument littéraire. Ovide est conscient des dangers qui guettent cette réécriture, de même qu'il est conscient de l'intérêt rhétorique d'aborder la guerre de Troie. Sa réponse va être une sorte de pirouette : traiter la guerre de Troie tout en ne la traitant pas.

LA GUERRE DE TROIE DANS LES LIVRES XI ET XII

Reprise de certains éléments de la légende

Le livre XI des *Métamorphoses* semble annoncer la guerre de Troie. Toutes sortes de légendes préalables à la guerre y sont racontées. Apollon et Neptune aident Laomédon à construire les murs de Troie (« Laomédon et Hésione », p. 357), puis surviennent les aventures de Pélée et Thétis, les parents d'Achille (« Pélée et Thétis », p. 358). Enfin, la métamorphose d'Ésaque, qui clôt le livre, fait le lien avec le livre suivant puisque Ésaque est un fils de Priam, roi de Troie. Aucun de ces épisodes n'appartient à l'*Iliade*.

Le livre XII évoque plusieurs épisodes connus de la guerre : les premiers récits (« Les Grecs à Aulis » et « Iphigénie »), qui évoquent le voyage des Grecs vers Troie, reprennent une légende développée par le Grec Euripide dans deux tragédies, *Iphigénie à Aulis* et *Iphigénie en Tauride*, qui inspireront Racine pour son *Iphigénie*. C'est donc là un début très centré sur la guerre de Troie.

Des épisodes inventés ou extérieurs à la guerre

Mais aussitôt après, « La Renommée » (livre XII, p. 382) et « Achille et Cygnus » (*ibid.*, p. 383) sont une invention d'Ovide. Enfin, les récits racontés par Nestor dans l'épisode de « Cénée » (livre XII, p. 387), sont censés se passer *avant* la guerre de Troie.

On ne revient donc à cette guerre qu'avec le dernier épisode du livre XII, la « Mort d'Achille ». L'*Iliade* ne raconte pas la mort d'Achille. C'est dans l'*Odyssée* qu'Ulysse s'entretient avec Achille mort, mais on ne dit pas qui l'a tué. Ce sont des récits postérieurs qui complètent la légende en affirmant tantôt qu'Apollon tue lui-même Achille, tantôt que c'est Pâris mais qu'Apollon guide sa main. Ovide, lui, suppose que c'est Apollon, fâché de la mort de Cygnus, qui est l'instigateur de la mort d'Achille, et d'un vers (« N'as-tu jamais devant les yeux l'ombre d'Hector traîné autour de sa chère Pergame ? » p. 402), il rappelle le véritable motif, dans l'*Iliade*, de la colère d'Apollon : la mort d'Hector. Ovide n'a donc finalement rien emprunté à l'*Iliade*. Ce sont des récits secondaires qui sont réécrits.

Un contournement de la guerre de Troie

Avec le premier épisode du livre XII, « Les Grecs à Aulis », Ovide feint de traiter la guerre de Troie depuis le début. En situant le combat d'Achille et de Cygnus au début de la guerre et en achevant le livre XII par la mort d'Achille qui se situe à l'extrême fin du conflit, il semble même traiter la guerre de Troie dans son entier. Or, il la contourne complètement. On a affaire à une double esquive : d'une part, rien n'est repris de l'*Iliade* ; d'autre part, Ovide ne traite de la guerre de Troie que les débuts, un combat et la mort d'Achille, ce qui est fort peu. Le livre XIII prolongera le récit du conflit entre Grecs et Troyens en évoquant des épisodes très secondaires de la fin de la guerre, jusqu'au départ d'Énée.

LE PETIT BOUT DE LA LORGNETTE

Pourquoi Ovide exécute-t-il cette sorte de pirouette ? Pourquoi évite-t-il la guerre de Troie tout en feignant de la traiter ? Là encore, il s'amuse. Alors que Virgile, très sérieusement, intégrait une partie de l'*Iliade* et de l'*Odyssée* dans l'*Énéide*, et se situait dans leur continuité, Ovide réécrit une fausse *Iliade*. Le procédé qu'il emploie est une fois encore caractéristique de l'alexandrinisme : s'emparer d'un grand sujet pour le rapetisser, soit par un traitement décalé, soit par une réduction des dimensions de l'épisode. Ovide prend cette grande histoire de Troie par le petit bout de la lorgnette, il contourne l'épopée homérique pour en faire une parodie, un chant dissonant chargé d'ironie.

Les épisodes d'avant la guerre

« Les Grecs à Aulis » : c'est au chant II de l'*Iliade* (v. 300 et suiv.), dans la neuvième année de la guerre de Troie, qu'Agamemnon rappelle le prodige des oiseaux et du serpent, et l'oracle de Calchas, selon lequel la guerre durerait neuf ans. C'est un souvenir qui lui revient à la mémoire et qui est censé donner du courage à ses hommes, puisque, si l'on en croit l'oracle, la fin de la guerre est proche. Dans le livre XII, Ovide donne à peu près les mêmes dimensions à l'épisode, mais il le traite directement (ce n'est pas un personnage qui fait le récit), et le situe chronologiquement au début de l'expédition. Surtout, alors que dans l'*Iliade* cet épisode joue un rôle émotionnel, Ovide ne donne à la prophétie du devin qu'un caractère documentaire et non un rôle pathétique. Il insiste seulement sur la métamorphose, qui passe pour un prodige, mais sans que rien de fonctionnel dans le récit ne soit rattaché à ce prodige.

« Iphigénie » : l'épisode de la fille d'Agamemnon, qui fait l'objet de deux pièces de théâtre chez Euripide, est traité avec une rapidité brutale par Ovide. Les quelques vers qu'il lui consacre ressemblent à un résumé où la métamorphose même est traitée en un vers, et sans aucune émotion ; le poète semble même émettre quelques doutes sur la réalité de la substitution :

> [la déesse] étend un nuage devant tous les yeux et pendant la cérémonie, au milieu du tumulte du sacrifice, au milieu du bruit des prières, elle remplace, dit-on, par une biche, la jeune fille de Mycène (livre XII, p. 382).

Là encore, toute émotion est retirée à l'épisode.

« La Renommée » : cet épisode aussi laisse perplexe. La description du palais de la déesse de la rumeur n'est suivie d'aucune utilisation de l'allégorie. La Renommée a un rôle des plus limités dans les épisodes suivants du livre XII, de sorte que l'on ne peut lui accorder une fonction épique (donner de la grandeur aux épisodes suivants). En fait, il y a beaucoup d'ironie dans cette allégorie des mauvaises langues, qui est développée pour elle-même et n'a aucune fonction dans le texte.

Les épisodes de la guerre

« Achille et Cygnus » : c'est surtout ce récit qui constitue une véritable réécriture parodique de l'*Iliade*. Ovide suppose qu'Achille, cherchant « Cygnus ou Hector » (livre XII, p. 384), rencontre Cygnus. Le jeu consiste donc à mettre un inconnu à la place du plus célèbre des défenseurs de Troie. Et le jeu se révèle clairement quand Ovide affirme avec ironie : « Hector était ajourné à dix ans » (*ibid.*). En effet, Hector doit mourir la dixième année de la guerre, les oracles l'ont prédit. Achille doit donc, pour l'instant (on est au début de la guerre), se contenter de Cygnus ! Cet épisode se transforme alors en une réécriture du combat d'Achille et d'Hector. Alors que dans l'*Iliade* ce combat est rapide – Hector fuit, Achille le rattrape et le tue (chant XXII) – chez Ovide, le combat est long parce que Achille tombe sur un adversaire invincible. Cette invincibilité irrite tellement le héros grec qu'elle accroît sa violence, allusion à la célèbre colère d'Achille, qui surgit, comme dans l'*Iliade*, de son impuissance.

Cette violence brutale d'Achille sera rendue plus évidente un peu plus loin. En effet, dans l'épisode des « Combats des Lapithes et des Centaures » (livre XII), Cénée est mis à mort par les Centaures dans des conditions elles aussi très violentes et qui amènent des rapprochements : si Achille écrase son adversaire contre le sol, les Centaures écrasent le leur sous des monceaux de montagnes (car ils sont des géants !). Le geste violent des Centaures donne rétrospectivement au geste d'Achille une cruauté qui le rapproche de ces monstres. On est donc, là encore, dans une distorsion de la tonalité de l'*Iliade* : le noble combat épique devient un acharnement monstrueux.

« Les combats des Lapithes et des Centaures » et « Cénée » : la parodie continue. Le repos et le banquet à l'occasion desquels Nestor va raconter ses histoires, sont dus au désir d'Achille de fêter la mort de Cygnus : « Cependant, on était arrivé au jour de fête où Achille, vainqueur de Cygnus, immolait une génisse à Pallas pour se concilier sa faveur » (livre XII, « Cénée », p. 387). Ovide fait donc de Cygnus, personnage inventé, un héros important de la légende. Et, jusqu'au bout, c'est cet inconnu qui est le héros central de l'épisode.

Les récits de Nestor nous font revenir en arrière, mais si l'on s'attarde sur la structure de ce livre XII, on constate que le combat des Lapithes et des Centaures, qui s'étend sur douze pages et utilise tous les procédés de l'épopée, est la véritable histoire de Troie parodiée. On y trouve un enlèvement au départ, juste après un mariage, des combats, où sont décrites les blessures que les combattants s'infligent et où alternent récit de bataille collective et rencontres individuelles, comme dans l'*Iliade*. Ainsi, cette bataille de monstres ivres devient le contrepoint, l'équivalent parodique des nobles combats de l'*Iliade*, Nestor insistant même sur le fait qu'il était alors plus fringant qu'à l'époque de l'*Iliade* !

RÉÉCRITURE ALEXANDRINE ET IRONIE

Ovide contourne donc la guerre de Troie, il la parodie et cherche expressément à n'en raconter que des épisodes secondaires, tout en rappelant la « vraie » histoire par toutes sortes d'allusions et de clins d'œil. Ce n'est pas à proprement parler pour se moquer de l'*Iliade* qu'il procède ainsi. S'il y a là une manière très alexandrine de rendre hommage à l'œuvre en y faisant constamment allusion, on y trouve aussi une façon d'affirmer qu'il est désormais impossible de refaire l'*Iliade*, qu'on peut seulement en proposer un reflet déformé, une sorte de métamorphose.

7 Le merveilleux

Tzvetan Todorov a défini le merveilleux comme un univers où « les éléments surnaturels ne provoquent aucune réaction particulière ni chez les personnages, ni chez le lecteur implicite[1] », c'est-à-dire où le surnaturel va de soi. Sommes-nous dans ce cas de figure avec *Les Métamorphoses* ?

UN UNIVERS MERVEILLEUX

L'impression première qui ressort de la lecture des *Métamorphoses* est qu'elles appartiennent bien à un univers merveilleux. Elles racontent en effet une série de mythes tous centrés autour de la métamorphose, phénomène surnaturel par excellence. Les métamorphoses sont comme des miracles auxquels on croit et qui manifestent dans le monde l'action de puissances supérieures. L'existence de ce surnaturel apparaît, dans *Les Métamorphoses*, comme une donnée. Croire à leur existence est la conséquence d'une religiosité normale, d'une foi dans les dieux pour qui tout est possible.

Les modalités du merveilleux

Le merveilleux provient d'abord du côtoiement constant des hommes et des dieux : Jupiter est amoureux de Ganymède, Apollon d'Hyacinthe, Vénus d'Adonis (livre X) ; Midas invite Silène chez lui (livre XI). Dans l'épisode de « Pygmalion », au livre X, durant les cérémonies en l'honneur de Vénus à Chypre – fêtes qui

1. Tzvetan Todorov, *Introduction à la littérature fantastique*, Paris, Points Seuil, 1970, p. 59.

existaient réellement – Orphée précise que « Vénus, parée d'or, assistait elle-même à sa fête » (p. 330). Tout se passe comme si le monde des dieux et celui des hommes n'étaient pas étanches, comme s'il existait un lien entre la terre et le ciel. Ganymède est d'ailleurs transporté au ciel par Jupiter, et Orphée va chercher Eurydice dans l'au-delà (livre X).

Le merveilleux se révèle aussi dans l'existence d'un univers où les accessoires mêmes sont surnaturels, comme dans nos contes de fées : ainsi, Vénus, dans l'épisode d'Adonis, après avoir mis en garde ce dernier, « prend la voie des airs » « avec son attelage de cygnes » (livre X, « Atalante », p. 346). Thétis se rend dans sa grotte, « nue, portée sur un dauphin qui obéissait à [s]on frein » (livre XI, « Pelée et Thétis », p. 359). Quand, dans l'épisode de Céyx et Alcyone au livre XI, Iris doit se rendre au pays du Sommeil, elle emprunte l'arc-en-ciel qu'elle incarne en même temps : « [...] elle revêt son voile aux mille couleurs et, faisant resplendir dans le ciel la courbe de son arc, elle se dirige [...] vers la demeure royale » (livre XI, « Le Sommeil », p. 372). L'existence même de cette allégorie du palais du Sommeil est éminemment merveilleuse. Quand Iris y pénètre, elle le fait en « écartant de la main les songes qui lui font obstacle » (*ibid.*, p. 373).

Ovide nous présente donc un univers non seulement surnaturel, mais où le surnaturel est décrit visuellement et suscite l'émerveillement du lecteur.

Merveilleux et métamorphose

Mais, au-delà de ces détails, c'est évidemment à la métamorphose que l'on pense quand on évoque le merveilleux chez Ovide. Les métamorphoses innombrables du texte sont toutes le résultat de l'intervention « magique » d'une puissance surnaturelle. La plupart du temps, le poète nous dit quel dieu ou quelle déesse est à l'origine de la transformation, ce qui renforce le merveilleux puisque non seulement l'acte est étonnant mais qu'en plus il est le fait d'un dieu précis, auquel est rattaché un certain pouvoir. Ainsi, toutes les métamorphoses du livre X, à partir de celle des Propétides, sont le fait de Vénus et ont un rapport avec l'amour.

L'accumulation même des transformations fait vivre le lecteur dans un univers où la métamorphose, sans cesser d'être surprenante, est cependant constamment attendue. Le merveilleux est à la fois un univers étonnant et un univers « normal ». La métamorphose finit par ne plus faire sortir du naturel mais par s'intégrer à lui. On pourrait dire qu'Ovide n'a qu'une responsabilité limitée dans ce phénomène, puisqu'il suit les données de la mythologie, monde où tout est possible. Mais il va en tirer toutes les conséquences.

Une expérience des états limites

Ovide semble en effet vouloir approfondir les données de la légende et donner au merveilleux une dimension plus vaste. Chez lui, le merveilleux se révèle parfois une exploration de la réalité universelle. Ovide semble étendre à l'infini les limites du possible au point que merveilleux et réel se côtoient. Ainsi, s'adressant au Centaure Cyllare, au livre XII, le poète le juge très beau, mais il ajoute : « [...] si toutefois la beauté nous paraît compatible avec une nature comme la tienne » (livre XII, « Combats des Lapithes et des Centaures », p. 395). En effet, Cyllare est un être mi-homme, mi-cheval qui ressemble au résultat d'une métamorphose : il est par nature hybride, et Ovide tente de nous le décrire comme beau à la manière des humains (« une chevelure dorée flottait depuis ses épaules jusqu'au milieu de ses flancs », *ibid.*), tout en donnant des détails qui connotent la monstruosité née du contraste : « Tout son corps est plus noir que la poix la plus sombre, mais sa queue est blanche et blanches sont aussi ses jambes » (*ibid.*).

Cette affirmation d'une universalité de la beauté sous les formes les plus diverses se retrouve dans les mots que Vénus prononce quand elle décrit le corps d'Atalante : « un corps tel que le mien, tel que serait le tien (= celui d'Adonis) si tu devenais femme » (livre X, « Atalante », p. 341). La beauté humaine d'une femme est donc comparable à la fois à une beauté de déesse et à celle d'un homme, ce qui renvoie à l'idée que la beauté existe, dans quelque corps que ce soit, dans des états divers. Dans un tel monde, la métamorphose ne saurait être vraiment effrayante ; elle est simplement le résultat presque naturel d'une mobilité universelle. Là encore, les catégories ne sont pas étanches.

LES OBSTACLES AU MERVEILLEUX

Cependant, plusieurs éléments, dans *Les Métamorphoses*, vont à l'encontre de la vision d'un univers merveilleux.

Le déroulement détaillé de la métamorphose

Ce qui contribue au caractère magique d'une métamorphose, c'est son caractère soudain, immédiat. C'est instantanément, par exemple, que la citrouille se transforme en carrosse dans *Cendrillon*. Or, Ovide décrit au contraire la métamorphose en l'inscrivant dans la durée. Ainsi, Myrrha assiste à sa propre métamorphose, se voit devenir arbre progressivement :

> Tandis qu'elle parle encore, la terre recouvre ses pieds, leurs ongles se fendent et il en sort, s'allongeant obliquement, des racines qui servent de base à un tronc élancé (livre X, « Myrrha », p. 338).

La longueur des phrases mime la lenteur du processus, et la longue description finit par rendre pénible cette transformation d'un être humain en arbre ; on souffre pour Myrrha qui est progressivement métamorphosée en arbre tout en conservant des sentiments humains, qui se précipite elle-même vers la métamorphose comme si sa situation était devenue insupportable : elle « plonge son visage vers l'écorce », et devient arbre, en métamorphosant aussi ses attributs humains comme les pleurs : « Quoiqu'elle ait perdu avec son corps tout sentiment, elle continue à pleurer et des gouttes tièdes s'échappent de l'arbre » (*ibid.*). De plus, cette métamorphose difficile, décrite comme l'accouchement d'un être nouveau, est suivie d'une véritable naissance qui reproduit les douleurs de la métamorphose : la naissance d'Adonis. Les deux phénomènes parallèles font que la femme métamorphosée en arbre et l'arbre accouchant d'un enfant relèvent à la fois du merveilleux et du réel le plus précis.

En fait, cette inscription dans la durée ne nuit pas au merveilleux mais le rend plus étrange. Sans détails, on croirait à la métamorphose ; avec ces détails, on sort de l'émerveillement et on frôle l'horreur. L'excès de concret rend monstrueux ce qui aurait pu n'être que surnaturel. On pourrait dire qu'on est dans le fantastique plus que dans le merveilleux parce que le surnaturel est par trop hors normes.

La motivation réaliste

Parallèlement, Ovide semble avoir le souci de rendre le merveilleux plus « naturel » qu'il ne l'est dans la convention littéraire, en le justifiant, en le motivant par la précision réaliste. En fait, ce réalisme est, pour le poète, un moyen de jouer avec les données de la légende, de montrer les détails et donc de faire sortir du simple merveilleux pour amuser le lecteur avec des effets de réel inutiles dans un récit surnaturel.

Ovide cherche donc toujours à donner une explication rationnelle aux données de la fiction. Quand Orphée, par exemple, va rechercher Eurydice dans les Enfers, et que les divinités infernales appellent la jeune femme : « […] elle était là parmi les ombres récemment arrivées ; elle s'avance d'un pas que ralentissait sa blessure » (livre X, « Orphée et Eurydice », p. 322), Ovide se souvient qu'elle est morte d'une piqûre de serpent, dont elle conserve la douleur une fois morte !

Ovide s'amuse aussi à naturaliser l'univers merveilleux qu'il nous propose en tirant les conséquences rationnelles des données merveilleuses de la légende. Chez lui, le merveilleux tout en étant donné comme allant de soi, est expliqué par des lois si logiques que cet univers merveilleux devient en même temps un univers très rationnel. Ainsi, c'est grâce aux instruments agricoles abandonnés par les paysans effrayés que les Ménades vont perpétrer leur crime contre Orphée (début du livre XI, « Mort d'Orphée », p. 351). De même, quand Orphée est attaqué par les Bacchantes, les pierres qu'elles lui jettent devraient « logiquement » être inefficaces puisque les chants d'Orphée pacifient tout... Mais les pierres ne peuvent plus, littéralement, entendre ses chants, qui sont couverts par les cris des Bacchantes et elles redeviennent des armes de mort ; aussi, « à la fin, n'entendant plus le poète, les pierres se sont teintes de son sang » (*ibid.*). De même, les animaux, qui, selon la tradition, tombent sous le charme de ses chants, deviennent les premières victimes des Bacchantes, parce que cet auditoire est encore engourdi par le charme d'Orphée et ne songe pas à fuir ou à se défendre.

Ainsi, un meurtre rituel comme celui d'Orphée, qui fait partie d'une très ancienne légende, codifiée, dans laquelle Bacchus et les Bacchantes sont des divinités effrayantes et puissamment surnaturelles, comme les sorcières chez Shakespeare, est expliqué par des conditions très naturelles et presque quotidiennes. Or, ce réalisme n'aboutit pas, justement, à rendre évident le merveilleux, car paradoxalement, le merveilleux n'est jamais si bien accepté par le lecteur que quand il n'est pas justifié. Au contraire, les précisions réalistes finissent par rendre encore plus étrange la fiction surnaturelle, comme lorsque Tmolus, qui est à la fois montagne et dieu, « écarte de ses oreilles les arbres de la forêt » pour mieux entendre Pan et Apollon (livre XI, « Midas », p. 356).

Mais alors, sommes-nous encore dans le merveilleux ? Comme l'épopée, le merveilleux suppose un monde auquel on croit, en quelque sorte, les yeux fermés. Or, chez Ovide, la justification même du merveilleux tue le merveilleux.

UN RATIONALISME AU SERVICE DE LA PARODIE ET DE LA POÉSIE

Des métamorphoses qui ne sont pas des prodiges

Il semble que dans *Les Métamorphoses* le surnaturel ne soit pas objet de doute, qu'il s'insère dans un univers tout à fait rationnel qu'il ne contredit pas. Certains critiques ont fait des études lexicales dont il ressort que, chez Ovide, des mots comme « prodigieux », « étonnant » s'appliquent aussi bien à des métamorphoses qu'à d'autres faits inattendus tels des découvertes ou des chocs. On ne s'étonne donc pas outre mesure, dans *Les Métamorphoses*, des métamorphoses ; elles sont une réalité qui ne doit pas surprendre.

Quand elles deviennent prodiges, c'est seulement dans la bouche de celui qui les raconte. Ainsi, lorsque Vénus annonce à Adonis le récit de la métamorphose d'Atalante et Hippomène en lions, elle le fait en ces termes : « Écoute le récit d'un crime déjà ancien, suivi d'un *prodige* qui te remplira d'*étonnement* » (livre X, « Vénus et Adonis », p. 340). De même, quand Nestor, au livre XII, raconte l'histoire de Cénée, il surenchérit sur l'histoire de l'invincibilité de Cygnus et affirme avoir connu « ce Cénée de Perrhébie, célèbre par ses hauts faits [...] Et ce qui chez lui rendait ce don plus *merveilleux* encore, c'est qu'il était né femme » (livre XII, « Cénée », p. 387). Ainsi, les narrateurs d'Ovide se comportent comme de « vrais » narrateurs d'histoires extraordinaires : ils les mettent en valeur en insistant sur leur caractère étonnant. Mais Ovide narrateur, lui, ne le fait pas.

Ovide donne pour « normales » les transformations les plus étonnantes. Ainsi, la métamorphose d'Alcyone est si « naturelle » qu'elle est à la fois instantanée et surprenante. Voulant voir son mari, elle devient oiseau dans le même mouvement qui la fait sauter sur la digue, saut surprenant pour une femme : « Alcyone y monte d'un bond ; et même (c'était un *prodige* qu'elle en fût capable) elle volait » (livre XI, « Le Sommeil », p. 377). Le prodige (le texte latin ne laisse aucun doute à ce sujet) est le saut sur la digue. Le reste n'est qu'une conséquence évidente et le dernier verbe semble seulement métaphorique alors qu'il indique déjà la métamorphose.

La parodie

Pourquoi Ovide agit-il ainsi ? Tentons une première réponse. Quand on met l'accent sur le caractère de jeu formel des *Métamorphoses*, on en arrive à penser qu'Ovide ne croit pas à l'univers merveilleux qu'il élabore. C'est parfois flagrant : ainsi, lorsque Iphigénie, au début du livre XII, est remplacée par une biche au moment du sacrifice, il s'agit à peine d'une métamorphose. Ovide traite l'épisode avec beaucoup de désinvolture, affirmant que la biche était une victime mieux faite pour Diane chasseresse, et il termine ainsi cet épisode célèbre :

> [...] la colère des flots étant tombée avec celle de Phébé [= Diane], les mille vaisseaux reçoivent les vents en poupe et, après bien des épreuves, ils abordent sur la côte de Phrygie (livre XII, « Iphigénie », p. 382).

Ce résumé rapide donne l'impression que le grave dilemme de tuer ou non Iphigénie a été résolu aisément et que tout se résume à beaucoup de bruit pour rien.

On a alors l'impression que l'important, pour Ovide, est que le monde artificiel se superpose au monde naturel de façon à créer une perpétuelle illusion, un univers baroque où toutes les formes sont admises, un univers semblable à celui qui ressort des effets spéciaux du cinéma actuel. On remarque avec quelle ironie est décrit, par exemple, le palais du Sommeil dans l'histoire de Céyx et Alcyone (livre XI, « Le Sommeil », p. 372). Alors que le début fait penser à un univers de mort, on finit par se rendre compte qu'on est dans un antre douillet dans lequel le sommeil est contagieux. Iris s'échappe pour ne pas s'endormir, mais elle le fait parce qu'elle a une tâche à accomplir, non parce que cet univers est dangereux. Ovide parodie très légèrement, dans cette allégorie, l'épisode de l'*Odyssée* où Ulysse va évoquer les morts au pays des Cimmériens (début du chant XI). C'est un clin d'œil plus qu'une véritable imitation, mais il n'en reste pas moins que le passage consacré au palais du Sommeil ne relève pas du merveilleux au premier degré.

La poésie d'Ovide

Cependant, si l'on se laisse prendre à la beauté de ces métamorphoses successives, on se rend compte que le merveilleux est la source principale de la poésie d'Ovide. Par-delà le jeu formel, il est clair que le poète ne cherche pas seulement à faire œuvre parodique en écrivant *Les Métamorphoses*, il veut aussi faire une belle œuvre. Or, la beauté des sentiments, tels ceux qui se déploient dans l'épisode de « Céyx et Alcyone », la beauté des lieux surnaturels décrits sous forme d'allégories, la beauté exceptionnelle des êtres mis en scène dans les divers épisodes des *Métamorphoses* montrent la volonté du poète de tirer le maximum de qualité esthétique des motifs merveilleux qu'il traite, de manière à ce que tout s'anime d'une vie surnaturelle et éloignée de la banalité.

Les longues comparaisons sont un moyen de rendre poétique le texte tout en renforçant le merveilleux. Ainsi, Hyacinthe, au moment de mourir, fait l'objet d'une longue comparaison :

> Si dans un jardin bien arrosé on vient à briser des giroflées, des pavots, des lis dressant leurs jaunes étamines, ils se flétrissent aussitôt, penchent leurs têtes languissantes, et, incapables de se soutenir, tournent leur front vers la terre ; ainsi le visage d'Hyacinthe mourant s'incline (livre X, « Hyacinthe », p. 327).

La comparaison réussit à la fois à décrire parfaitement le mouvement de tête du jeune homme mourant et à anticiper sur sa métamorphose, puisqu'il va bientôt devenir fleur. Elle n'est donc pas simplement ornementale, elle est aussi fonctionnelle à l'intérieur du récit.

On trouve également un autre procédé, très répandu dans la poésie lyrique latine : la désignation des saisons par les signes du zodiaque. Le début de l'été est désigné dans l'épisode de Cyparissus de la manière suivante : « On était en été, au milieu du jour ; la chaleur brûlait les bras recourbés du Cancer, hôte des rivages » (livre X, « Cyparissus », p. 324). Des allusions compliquées à des constellations permettent aussi de désigner certaines heures du jour ou de la nuit. Ainsi, dans l'épisode de Myrrha, « parmi les Trions, le Bouvier avait incliné son chariot sur la pente où obliquait le timon » (livre X, « Myrrha », p. 336), signifie qu'il est plus de minuit. Ces dénominations complexes, très conventionnelles, ont cependant le mérite de créer un style poétique et de s'accorder avec l'atmosphère merveilleuse. C'est souvent à des moments-clés d'un épisode (et généralement d'un épisode amoureux) que ces notations temporelles interviennent.

Le vocabulaire choisi par Ovide contribue aussi au merveilleux. Ainsi, Adonis, à la fin du livre X, est transformé en anémone, fleur fragile, provisoire, « mal fixée et trop légère » (« Atalante », p. 347), détachée par le vent (*anemos* en grec), et qui semble symboliser la précarité de la métamorphose. Cette légèreté, éminemment poétique, se retrouvera chez les âmes de Dante, enfermées dans l'Enfer de *La Divine Comédie*.

Cette même précarité se retrouve dans l'épisode de la mort d'Hyacinthe, exprimée dans un monologue-dilemme. Apollon, qu'on a déjà décrit comme « oublieux de lui-même » (livre X, « Hyacinthe », p. 326), par amour pour son jeune protégé, exprime un deuil lamentable. Il voudrait mourir, mais il ne peut pas (« puisque la loi du destin me l'interdit », *ibid.*, p. 327) : il est foncièrement dieu et donc immortel. Mais en même temps, lui qui est aussi dieu guérisseur, qui a appris aux hommes l'art de la médecine, se révèle impuissant à soigner Hyacinthe : « L'art est impuissant, la blessure inguérissable » (*ibid.*). C'est dans cette faiblesse du dieu que réside la poésie du texte : la métamorphose qu'Apollon va opérer n'est pas un signe de puissance surnaturelle, mais le geste minimal d'un être désolé cherchant à garder sur terre un peu de son amour pour son aimé. C'est l'antithèse que constitue cette faiblesse-puissance qui se révèle poétique. Ainsi humanisé par cette prééminence de l'analyse psychologique et par la tonalité élégiaque, le geste semble exclure le merveilleux en faisant de la douleur d'Apollon une douleur proprement humaine. Mais en même temps, la scène continue à relever du merveilleux, parce qu'Apollon retrouve, à la mort de son ami, son être divin ; juste avant de pratiquer la métamorphose, il se met à parler au futur, à prophétiser, ce qui est une autre de ses fonctions divines, qu'Ovide rappelle en évoquant « la bouche véridique d'Apollon ». Il annonce ce qu'il va faire comme le ferait un magicien. On dirait que la mort du jeune homme rompt un charme et qu'elle métamorphose aussi Apollon qui redevient dieu. Elle remet de l'ordre dans la hiérarchie et la métamorphose d'Hyacinthe vient couronner cette remise en ordre du monde.

Dans *Les Métamorphoses*, Ovide ne cesse donc de transgresser les séparations traditionnelles entre univers naturel et univers surnaturel. On aurait du mal à dire que, chez lui, le merveilleux va toujours de soi. Certes, il est bien intégré à l'univers naturel : l'originalité d'Ovide consiste à feindre de vouloir rendre croyables les fictions les plus extraordinaires, parfois même à les donner pour vraies. Mais en même temps, le merveilleux suscite l'émerveillement du lecteur, son étonnement charmé. Or, ce charme et cet état de surprise font passer du merveilleux au fantastique. Ils sont le résultat du travail de poète d'Ovide, qui ne naturalise et ne rationalise le prodige que pour mieux en faire ressortir le caractère profondément humain. L'univers d'Ovide est un univers où se côtoient sans cesse des expériences humaines intenses et bouleversantes parce que données comme possibles.

8 L'amour

L'amour est un des éléments constants de l'œuvre d'Ovide. C'est comme auteur des *Amours* qu'il est surtout célèbre, et toutes ses œuvres, hormis *Les Fastes* et *Les Tristes*, ont pour thème principal l'amour. Bien que *Les Métamorphoses* ne prennent pas l'amour pour objet central, ce thème est la plupart du temps au centre des récits. Dans nos trois livres, seules quelques légendes ne sont pas liées à l'amour : celles de Midas, de Laomédon et d'Hésione, et une partie de celles de Pélée. Même au livre XII, essentiellement guerrier, la guerre de Troie a pour point de départ une histoire d'amour, tout comme celle des Lapithes et des Centaures. Ovide ne quitte donc jamais son thème de prédilection. Il convient de voir comment l'amour est ici mis en œuvre.

LA NATURE DE L'AMOUR

Un amour-désir

L'amour, chez Ovide comme chez les poètes latins en général, est d'abord désir. Il nous faut écarter de notre esprit la conception de l'amour platonique et soumis que les troubadours ont fait naître au XIIe siècle. Dans l'Antiquité, l'amour est indissociable de ses réalités sexuelles et c'est particulièrement vrai chez Ovide. Cela n'empêche pas que l'Antiquité ait le même souci que la société chrétienne traditionnelle de soustraire les oreilles chastes aux récits scabreux. Orphée dit ainsi, avant de commencer le récit de Myrrha : « retirez-vous, jeunes filles ; pères de famille, retirez-vous » (livre X, « Myrrha », p. 331).

Le désir qui est décrit est surtout celui de l'homme et l'on voit toujours les héroïnes tenter – généralement en vain – d'échapper aux avances de leurs prétendants divins ou humains : Thétis veut échapper à Pélée (livre XI, « Pélée et Thétis », p. 358), Apollon et Mercure « s'enflamment d'amour » ensemble pour Chioné et la violent (*ibid*, « Daedalion et Chioné », p. 361), Ésaque poursuit la nymphe Hespérie (*ibid*, « Ésaque », p. 378), Cénis est violée par Neptune (livre XII, « Cénée », p. 388), un Centaure tente d'enlever Hippodamie le jour de son mariage (*ibid.*, « Combats des Lapithes et des Centaures », p. 389). L'amour est donc souvent un amour brutal, dans lequel on ne demande guère son avis à la femme. Le thème de la poursuite amoureuse est d'ailleurs un thème littéraire en soi, que l'on trouve souvent traité dans la poésie amoureuse alexandrine, et qu'Ovide développe ailleurs dans *Les Métamorphoses*, avec les personnages de Daphné et Syrinx, au livre I, d'Aréthuse au livre V.

Des objets d'amour très divers

La plupart de ces textes étant inspirés de la Grèce, l'amour n'est pas seulement entre hommes et femmes mais il peut aussi être homosexuel. C'est le cas de celui que certains dieux éprouvent pour des mortels, comme Ganymède, Hyacinthe ou Cyparissus, et dans ce cas, c'est un amour plein de douceur et paraissant réciproque, conformément à la tradition grecque, où l'aimé, plus jeune, prend plaisir à être protégé par son amant.

Les femmes ne sont pas exclues de l'amour et du désir. On nous montre les femmes thraces poursuivant Orphée de leurs avances (livre X, « Orphée et Eurydice », p. 323), Vénus très amoureuse d'Adonis (*ibid*, « Vénus et Adonis », p. 339), Atalante connaissant ses premiers émois quand elle se découvre amoureuse d'Hippomène (*ibid*, « Atalante », p. 343). Quant à Myrrha, elle est la proie d'un désir que le poète condamne comme monstrueux : le désir incestueux de s'unir à son père (*ibid*, « Myrrha », p. 331-339).

Mais Ovide décrit aussi l'amour conjugal avec Céyx et Alcyone. C'est un type d'amour que l'Antiquité aime évoquer, par imitation du couple mythique d'Hector et Andromaque décrit au chant VI de l'*Iliade*. Ovide traite le thème de l'amour conjugal ailleurs dans *Les Métamorphoses*, avec, par exemple, le couple de Philémon et Baucis (livre VIII, p. 276-280). À côté de cet amour proprement conjugal, on rencontre aussi un type de couple fusionnel qui parvient à une égalité idéale ; tel est le cas de Cyllare et Hylonomé : « Tous deux sont unis l'un à l'autre par un amour égal ; ils errent ensemble sur les montagnes, ensemble ils pénètrent dans les grottes » (livre XII, «Combats des Lapithes et des Centaures », p. 396). Et ils vont mourir ensemble. Enfin, dans cet univers sans hiérarchie des êtres, Cyparissus peut être amoureux d'un cerf comme Apollon est amoureux de lui. L'amour, en cela, contribue à renforcer le caractère étrange du monde des *Métamorphoses*, où tout est animé et susceptible de sentiment. L'amour est une sorte de sentiment universel qui ne se préoccupe d'aucune barrière.

L'AMOUR, FATALITÉ DIVINE ET PSYCHOLOGIE HUMAINE

La puissance des dieux

On notera d'abord que ces amours sont souvent voulues par les dieux. Ce sont eux, par exemple, qui tombent amoureux de mortels, comme Apollon s'éprend de Cyparissus ou d'Hyacinthe, Jupiter de Ganymède, Vénus d'Adonis (livre X), Apollon et Mercure de Chioné (livre XI), Neptune de Cénis (livre XII).

Souvent aussi les engendrements des mortels sont voulus par les dieux : c'est Jupiter qui organise l'union de Thétis et de Pélée (livre XI, « Pélée et Thétis », p. 358). L'amour même de Vénus pour Adonis est provoqué par son fils, le dieu Amour (livre X, « Vénus et Adonis », p. 339). En revanche, l'amour de Myrrha pour son père est si monstrueux que le dieu Amour refuse d'en être la cause :

> Cupidon lui-même assure que ce ne sont point ses traits qui t'ont blessée, Myrrha [...] C'est une des trois sœurs qui, portant un brandon du Styx et des serpents gonflés de venin te l'a inspiré (livre X, « Myrrha », p. 331).

Cette longue périphrase désigne les Furies, divinités du destin associées à la mort.

Les amours ne semblent donc que rarement volontaires. Atalante, consultant un oracle s'entend répondre : « Un époux ! non, Atalante, il ne t'en faut point ; fuis le commerce d'un époux ; et pourtant, tu n'y échapperas pas » (*ibid*, « Atalante », p. 341). Ainsi, son destin est tracé, comme dans les tragédies, et la liberté humaine a fort peu de poids dans la suite des événements.

Une des lois qui régissent la poésie amoureuse grecque ou latine, est la toute-puissance de l'amour, qui s'impose de manière encore plus forte chez ceux qui le fuient. Tel est le cas d'Atalante, au livre X, qui croit pouvoir échapper à l'amour en allant vivre « dans de sombres forêts » (*ibid*, « Atalante », p. 341). Tel est aussi le cas de Pygmalion :

> Révolté des vices dont la nature a rempli le cœur des femmes, Pygmalion vivait sans compagne, célibataire ; jamais une épouse n'avait partagé sa couche. Cependant [...] (*ibid*, « Pygmalion », p. 329).

Ces condamnations à aimer sont une marque forte de la présence des dieux, et en particulier de la présence du dieu Amour comme force cosmique qui dépasse toutes les lois. L'arrière-plan d'une intervention divine n'est jamais loin dans la description des histoires amoureuses. Il y a une fatalité de l'amour qui va dans le même sens que celle de la métamorphose.

La psychologie humaine

Pourtant, une des caractéristiques de l'œuvre d'Ovide est la description très précise des atteintes de l'amour. À la loi divine qui semble s'imposer et organiser les amours des humains sans qu'ils aient leur mot à dire, s'oppose une description psychologique très fine qui semble faire de ces amours le résultat d'un choix purement humain.

Ainsi, quand Hippomène découvre la beauté du corps d'Atalante, il en devient aussitôt amoureux. Mais Ovide, avec ironie, montre aussi que cet amour est le résultat d'une autosuggestion, en ajoutant : « [...] à force de la vanter, il s'enflamme lui-même » (livre X, « Atalante », p. 341).

Pygmalion semble conduit par les dieux à tomber amoureux, car sa statue, avant même sa métamorphose, ressemble à une femme réelle. Mais la façon dont il manifeste son amour à la statue est, elle, tout à fait conforme aux conseils qu'Ovide donne aux amoureux dans *L'Art d'aimer* : il lui offre des cadeaux rustiques et des bijoux, et l'entoure de soins :

> Tantôt il caresse la bien-aimée, tantôt il lui apporte ces cadeaux qui plaisent aux jeunes filles, des coquillages, des cailloux polis, de petits oiseaux, des fleurs de mille couleurs, des lis, des balles peintes, des larmes tombées de l'arbre des Héliades (*ibid*, « Pygmalion », p. 329).

Les dieux mêmes n'échappent pas à ce comportement amoureux purement humain, qu'Ovide analyse avec précision : quand Apollon tombe amoureux d'Hyacinthe, le poète interprète ainsi la constance du dieu : « [...] une longue habitude de ta présence entretient sa flamme » (*ibid*, « Hyacinthe », p. 326).

La conjugaison de la volonté divine et de la volonté humaine dans l'amour se résume dans l'analyse que fait Ovide des premiers émois d'Atalante :

> Naïve encore, blessée par le dieu du désir pour la première fois, ignorant ce qui lui arrive, elle aime sans se douter qu'elle aime (*ibid.*, « Atalante », p. 343).

Les décisions divines n'empêchent pas un fonctionnement purement humain du cœur.

AMOUR ET MÉTAMORPHOSE

L'amour métamorphose l'être humain, ou le dieu, qui ne se reconnaît plus. Il y a donc un lien puissant entre amour et métamorphose, celle-ci étant très souvent liée à celui-là.

La métamorphose commémoration

Parfois, la métamorphose sert à conserver le souvenir de l'amour. Ainsi, la métamorphose de Cyparissus en cyprès (livre X, « Cyparissus ») sert à perpétuer à la fois le deuil du jeune homme pour le cerf qu'il aimait et celui d'Apollon pour le jeune homme qu'il aimait. Le cyprès, symbole de mort, devient donc symbole d'amour, tout en conservant le souvenir du deuil et des larmes. C'est un peu le même processus qui s'effectue avec la transformation du sang d'Hyacinthe en fleur (*ibid.*, « Hyacinthe ») : la fleur commémore la mort du jeune homme et l'amour du dieu.

La métamorphose épargne aussi la mort totale à celui qui est aimé d'un dieu. C'est le cas pour Adonis, quand Vénus, à sa mort, s'écrie : « Ton sang sera changé en une fleur » (*ibid*, « Atalante », p. 347). La métamorphose peut être enfin le résultat de la pitié des dieux face à l'amour, comme dans l'épisode de Céyx et Alcyone : « Enfin, les dieux, émus de compassion, les changent en oiseaux tous les deux » (livre XI, « Le Sommeil », p. 377).

La métamorphose contre l'amour

Mais la métamorphose peut aussi être liée à l'amour de façon négative, comme dans l'épisode de Thétis et Pélée (livre XI), où Protée donne à Pélée des conseils pour « conquérir » Thétis en annulant sa capacité de métamorphose. Là, le texte est une subversion des *Géorgiques* de Virgile, puisque c'est Thétis, et non Protée, qui se transforme. Mais il subvertit aussi la littérature amoureuse puisque Thétis n'est nullement consentante dans cette union et que ce couple mythique, qui va donner naissance à Achille, ne s'unit que par la ruse. De même, la transformation de Cénis en Cénée, d'une femme en un homme, est une négation de l'amour, et l'épisode subvertit la tradition des conquêtes amoureuses des dieux. Alors que Neptune, après l'avoir violée, demande à Cénis ce qu'elle désire, prêt à l'exaucer en tout, celle-ci répond : « Je voudrais qu'il me fût désormais impossible de subir rien de semblable ; permets-moi de ne plus être femme et tu auras comblé tous mes désirs » (livre XII, « Cénée », p. 388), ce qui, assurément, constitue un beau revers pour le dieu.

L'amour comme métamorphose

On remarque enfin que l'amour, en tant qu'il transforme les êtres, participe à l'enrichissement du motif de la métamorphose. Hippomène ne comprend pas qu'on risque sa vie pour « conquérir une épouse » ; mais dès qu'il voit Atalante, il est aussitôt totalement subjugué et ne rêve plus que de l'épouser, même si, pour ce faire, il doit risquer la mort : « Pardonnez, s'écrie-t-il, vous que j'accusais tout à l'heure ; je ne connaissais pas encore la récompense que vous vous disputiez » (livre X, « Atalante », p. 341). De même, les dieux amoureux changent complètement de comportement. Apollon, amoureux d'Hyacinthe,

> ne se soucie plus de sa lyre ni de ses flèches ; oublieux de lui-même, il ne se refuse ni à porter [s]es filets [d'Hyacinthe], ni à [l]'accompagner sur les sommets d'une montagne escarpée » (*ibid.*, « Hyacinthe », p. 326).

Il oublie donc à la fois sa dignité de dieu et ses occupations habituelles de dieu archer et de dieu de la poésie. De même, Vénus, amoureuse d'Adonis,

> ne se montre même plus dans le ciel : au ciel elle préfère Adonis. Elle s'attache à ses pas ; elle l'accompagne partout ; elle qui avait toujours été habituée à goûter un doux repos sous les ombrages et à rehausser sa beauté par la parure, elle erre çà et là à travers les montagnes, les forêts et les roches buissonneuses, sa robe retroussée à la façon de Diane » (*ibid.*, « Vénus et Adonis », p. 339-340).

Là, c'est une véritable métamorphose en une autre déesse qui s'effectue sous l'effet de l'amour. L'amour est ainsi un type de métamorphose naturelle, qui préfigure la métamorphose surnaturelle.

AMOUR ET LITTÉRATURE

L'amour, sujet de prédilection d'Ovide, est donc fortement présent dans *Les Métamorphoses*. Il y apparaît comme un thème structurant pour le fond, puisque la plupart des métamorphoses ont à voir avec l'amour, mais aussi comme un thème structurant pour la forme parce que l'amour, source de pathétique, est le sujet commun à tous les genres qui, dans l'œuvre, viennent se mêler à l'épopée.

L'amour comme élément structurel

De nombreux éléments de structure secondaire du texte sont liés au thème de l'amour. Ainsi, la généalogie, sorte d'organisation familiale voulue par les dieux, est souvent un moyen pour Ovide de lier entre eux plusieurs épisodes qui apparaissent ainsi comme marqués par la puissance de l'amour. Au livre X, Pygmalion, témoin des excès commis par les Propétides, vit « sans compagne ». Mais il va fabriquer sa statue, en tomber amoureux, et engendrer Paphos ; d'elle naîtra Cinyras qui engendrera Myrrha, laquelle, s'unissant avec son père, enfantera Adonis. Or, les épisodes de Pygmalion, Myrrha et Adonis ont des points textuels communs qui manifestent une parenté dans la monstruosité : Pygmalion est amoureux d'une femme d'ivoire, Myrrha est amoureuse de son père et Adonis se laisse aimer par une femme qui est presque sa mère puisqu'il est décrit comme un double du dieu Amour. Ainsi, un puissant lien structurel évite la simple juxtaposition des récits d'Orphée.

La poésie amoureuse

On a dit qu'Ovide est un spécialiste de la poésie amoureuse. Le texte des *Métamorphoses* comporte de nombreuses plaintes amoureuses de tonalité élégiaque, où les amants donnent libre cours à leur douleur. On comprend mieux également la structure par épisodes brefs des *Métamorphoses*, quand on les rattache à l'écriture de la poésie amoureuse de type alexandrin : idylles, églogues, bucoliques. Ovide semble parfois écrire des œuvres courtes, semblables à ces types de poèmes, qui s'insèrent à l'intérieur du grand œuvre des *Métamorphoses*. Il est clair, par exemple, qu'Orphée, quand il veut chanter sa peine (livre X, p. 325), chante en réalité une série d'élégies par la tonalité, même si le vers utilisé reste celui de l'épopée. On a vu aussi les plaintes d'Apollon à la mort d'Hyacinthe.

Pourtant, l'insertion la plus caractéristique de l'élégie amoureuse dans nos trois livres, n'est pas un passage court. C'est l'épisode de Céyx et Alcyone, au livre XI, au moment où les deux époux se font des adieux déchirants. Dans ce cas, le registre élégiaque est un moyen de créer une variation de ton à l'intérieur d'un épisode très hybride, puisque à ce passage élégiaque succède la tempête épique. Ovide développe longuement les arguments désolés d'Alcyone, qui utilise le *topos* élégiaque selon lequel deux amants ne font qu'un pour inciter Céyx à l'emmener avec lui, qui répète à plusieurs reprises son prénom (l'anaphore est un des procédés les plus caractéristiques de l'élégie). Ovide résume, pour éviter la répétition, la réponse tout aussi désolée de Céyx qui promet de revenir bientôt (livre XI, « Céyx et Alcyone », p. 366-367).

Dans une tonalité plus légère, qui est celle de la poésie amoureuse, on trouve la description d'Adonis au début de l'épisode du livre X. On sait que dans la poésie amoureuse latine, Cupidon joue un rôle essentiel. Il est représenté sous la forme d'un petit dieu ailé d'apparence enfantine et inoffensive qui cache sous ces dehors légers la puissance d'un dieu terrible, capable de faire des ravages avec son arc et ses flèches. On a là une thématique subtile, qui marie le badinage et un certain tragique de l'amour. Ovide réutilise ce motif du dieu Amour en décrivant ainsi Adonis :

> […] il rappelle les Amours que les peintres représentent nus dans leurs tableaux ; mais si vous voulez que le costume ne change rien à la ressemblance, donnez à cet enfant un léger carquois ou retirez le sien à l'Amour (livre X, « Myrrha », p. 339).

Adonis est donc une réplique exacte du dieu Amour. Or, un peu plus bas dans le texte, Vénus va tomber amoureuse d'Adonis en étant blessée par une flèche de son fils :

> […] en donnant un baiser à Vénus, le petit dieu armé du carquois a effleuré, sans le savoir, avec le roseau d'une flèche qui dépassait le bord, la poitrine maternelle. La déesse, se sentant blessée, a repoussé son fils, mais le coup avait porté plus loin qu'il ne semblait (*ibid.*, « Vénus et Adonis », p. 339).

Ovide, avec sa précision habituelle, décrit la scène de la blessure amoureuse en la faisant passer par le dieu Amour, et non directement par le biais d'Adonis. Ce procédé rend plus complexe la manière dont Vénus tombe amoureuse d'Adonis et suggère l'inceste. Ovide réutilise ainsi un motif typique de la poésie amoureuse (les flèches du dieu Amour) pour lui donner une signification plus profonde dans le cadre des *Métamorphoses* : celle d'un amour illicite qui fait écho à celui de Myrrha.

L'amour demeure donc, même dans *Les Métamorphoses* où il devrait être secondaire, un motif essentiel. Un critique a même appelé le poème d'Ovide une « épopée de l'amour[1] ». Aussi bien dans le fond que dans la forme, l'amour est structurant et est décrit dans tous ses aspects, des plus sentimentaux aux plus charnels.

1. B. Otis, *Ovid as an Epic Poet*, Cambridge, University Press, 1970, cité par I. Jouteur, in *Jeux de genre dans Les Métamorphoses d'Ovide*, Louvain-Paris, éd. Peeters, 2001, p. 99.

9 *Les Métamorphoses* et les arts plastiques

La vision du monde qu'Ovide nous livre dans *Les Métamorphoses*, a souvent été comparée à celle des peintres et des sculpteurs. Plusieurs critiques ont pensé que, pour ses descriptions, Ovide travaillait d'après les œuvres des artistes de son temps En outre, il a lui-même exercé un grand attrait sur des peintres et des sculpteurs, mais aussi sur des poètes attirés par la description, comme Théophile Gautier ou Leconte de Lisle au XIXe siècle. Or, le lien qu'il établit entre arts plastiques et écriture est d'une grande complexité.

LA CONCEPTION DE L'ART À L'ÉPOQUE D'OVIDE

Un goût tardif pour l'art

S'intéresser à l'art est longtemps passé, auprès des Romains, pour une occupation superflue et superficielle, bonne pour les Grecs dont la réputation d'esthètes était plutôt péjorative. Un auteur comme Cicéron feint toujours de ne rien connaître à l'art alors même qu'il est un collectionneur. Or, avec la période augustéenne et l'influence croissante de la société alexandrine, se fait jour, dans l'aristocratie romaine, un engouement pour l'art plus librement exprimé. Et, dans le domaine de l'art comme dans celui de la littérature, les Romains doivent beaucoup aux Grecs. C'est sous l'influence de la Grèce conquise par Rome que l'Italie s'ouvre à l'art. Les Romains n'inventent donc pas mais ils adaptent et modifient l'apport grec en fonction de leurs goûts, donnant souvent une orientation morale aux motifs purement esthétiques qu'ils empruntent à la Grèce.

Le réalisme naturaliste

La philosophie générale qui guide l'opinion que l'on a d'un tableau ou d'une statue, est le réalisme naturaliste. L'œuvre d'art doit être parfaitement ressemblante à l'original. Que l'art doive imiter la nature est pris par les Romains au pied de la lettre, et ce n'est pas une conception stylisée de la nature qu'ils ont à l'esprit mais bien l'idée d'une fidélité totale. Pline, un auteur un peu postérieur à Ovide, décrit ainsi une statue qu'il vient d'acquérir :

> Elle représente un vieillard debout, os, muscles, tendons, veines, rides mêmes sont à leur place comme dans un vivant ; les cheveux sont clairsemés et seulement par derrière, le front est large, la figure plissée, le cou sec, les muscles flasques, les mamelles affaissées, le ventre rentré [...]. Le tout, en un mot, est fait pour retenir les regards d'un artiste, charmer ceux d'un profane[1].

On le voit, l'insistance sur les détails les moins esthétiques mais les plus exacts est ce qui, aux yeux de Pline, passe pour une preuve de qualité artistique.

L'influence de l'alexandrinisme

Ce réalisme et l'insistance sur l'expressivité sont un héritage de l'alexandrinisme : après la période grecque classique, la sculpture et la peinture, durant la période alexandrine, ont mis l'accent sur la perfection technique qui devait déboucher à la fois sur le réalisme et sur l'expression des sentiments. En même temps que se développent des œuvres d'art énormes telles le Colosse de Rhodes, on multiplie aussi les petits objets en bronze ou en verre, les médaillons, les camées.

Mais à côté de cet art réaliste, qui s'épanouit surtout dans la sculpture et en particulier dans le portrait, on voit se développer

---

1. Pline Le Jeune, *Lettres*, tome 1, III, 6, trad. Anne-Marie Guillemin, Paris, Les Belles *Lettres*, 1927, p. 110.

un art beaucoup plus orienté vers la fiction, qui se développe surtout dans le décor peint des murs de maisons et dont Pompéi nous a conservé la trace : la peinture est très influencée par les scènes mythologiques et les paysages. Beaucoup de thèmes des fresques de Pompéi rappellent des descriptions d'Ovide.

Dans le domaine de la peinture, la virtuosité technique permet d'aboutir au trompe-l'œil. Cette dernière notion permet d'ailleurs de comprendre comment on passe d'une conception hyperréaliste à une conception plus fantaisiste : l'imitation de la réalité aboutit à la notion d'illusion. Dans les décors peints, un monde beaucoup plus curieux se développe. Les colonnes deviennent des tiges ou des candélabres surmontés de figures ailées. La métamorphose, dans ces décors, tient une place relativement importante. On remarque aussi, sur les murs des maisons de Pompéi, des fresques qui représentent des scènes de cultes à mystères. L'intrusion dans la vie quotidienne de ces religions orientales, plus émotionnelles que ne l'était la religion officielle romaine, donne aussi aux arts plastiques une orientation plus individuelle et plus symbolique. C'est en les replaçant dans cet arrière-plan qu'il faut envisager les relations d'Ovide avec l'art.

OVIDE ET LA DESCRIPTION D'ŒUVRES D'ART

La pratique de l'*ekphrasis*

Ovide est l'élève des rhéteurs. Il a appris auprès d'eux toutes les techniques de la description développées par les Alexandrins et en particulier un procédé très étudié : la description d'œuvres d'art, que l'on appelle en grec *ekphrasis*. On décrivait les œuvres d'art selon un plan traditionnel : nom, localisation et matière, remarques d'ensemble, louanges à l'artiste pour l'impression de vie qu'il a su rendre, conclusion comprenant des idées générales sur l'art. On se trouve donc là dans un type d'exercice très codifié. Parmi les grands textes fondateurs de l'*ekphrasis* se trouve, au chant XVIII de l'*Iliade*, la description du bouclier d'Achille, dans laquelle, très vite, les scènes décrites ne sont plus simplement peintes mais s'animent et semblent réelles. L'*ekphrasis* devient presque un genre en soi. Les écrivains se plaisent à insérer partout des descriptions d'œuvres d'art (on a vu plus haut l'exemple de Pline).

Ovide, dans *Les Métamorphoses*, semble vouloir également réunir les arts plastiques et l'écriture. À plusieurs reprises, il décrit ses personnages comme des statues. Ainsi, Tmolus, dieu de la montagne du même nom, est décrit comme on représente les statues allégoriques : « [...] des feuilles de chêne couronnent sa chevelure foncée ; des glands pendent autour des méplats de ses tempes » (livre XI, « Les oreilles de Midas », p. 356). Un exemple encore plus frappant est celui de Phœbus, dans le même épisode. Au moment où il s'empare de sa lyre, il est décrit dans la posture très souvent reproduite de la statue appelée « Apollon citharède » :

> Phébus, dont la tête blonde est couronnée d'un laurier cueilli sur le Parnasse, balaie la terre de sa robe, teinte dans la pourpre de Tyr ; sa lyre, sertie de pierreries et d'ivoire de l'Inde, est posée sur sa main gauche ; l'autre tient le plectre ; son attitude même révèle un maître de l'art (*ibid.*).

Cette description, par son hiératisme, se veut moins celle du personnage d'Apollon sur le point de jouer que celle d'une statue. On a ainsi l'impression qu'à l'intérieur du récit se glisse la description d'une œuvre d'art, ce qui donne un caractère très visuel à la scène mais aussi un caractère artificiel, comme si le personnage cessait momentanément d'être un simple personnage.

Il arrrive également qu'Ovide établisse un parallèle entre ce qu'il décrit et une œuvre d'art, comme lorsqu'il écrit, à propos d'Adonis enfant : « [...] il rappelle les Amours que les peintres représentent nus dans leurs tableaux » (livre X, « Vénus et Adonis », p. 339). Il évoque ces petits personnages que l'on retrouve sur les murs de Pompéi, dans la maison des Vettii, munis d'un carquois et de flèches et s'adonnant à toutes sortes d'activités. La présence de cette comparaison aboutit ainsi à donner un air d'*ekphrasis* à ce qui n'est nullement une œuvre d'art mais un personnage de fiction. La description paraît ainsi faite non d'après nature mais d'après œuvre d'art, comme si l'art littéraire se superposait à l'art de la sculpture ou de la peinture.

Dans le combat des Lapithes et des Centaures, Ovide décrit avec un plaisir d'esthète, au milieu de ce farouche combat, des objets d'art que les adversaires utilisent comme des armes mais qui apparaissent comme des pièces magnifiques :

> un antique cratère que rehaussaient des figures en relief (livre XII, « Combats des Lapithes et des Centaures, p. 389-390) ; un candélabre garni d'une multitude de flambeaux resplendissants (*ibid.*, p. 390).

L'œuvre d'art semble ici s'opposer à la violence du combat en apparaissant comme un objet de luxe et de beauté sophistiquée au milieu de la horde primitive des Centaures.

Pygmalion : Ovide et la conception de l'art

Mais c'est évidemment avec la statue de Pygmalion (livre X) qu'Ovide décrit le plus clairement une œuvre d'art. Tout l'épisode constitue une exaltation de la création artistique selon les critères antiques :

> [...] grâce à une habileté merveilleuse, il réussit à sculpter dans l'ivoire blanc comme la neige un corps de femme d'une telle beauté que la nature n'en peut créer de semblable (livre X, « Pygmalion », p. 329).

Toute la description est fondée sur un paradoxe : alors que l'art est censé imiter la nature, l'œuvre d'art, ici, surpasse toute belle femme réelle. Mais, en même temps, toute la beauté de cette statue vient de ce qu'elle a « toutes les apparences de la réalité ». Ce paradoxe correspond à la conception fondamentale de l'Antiquité sur l'art : cette statue, œuvre artificielle, ressemble à une femme vivante en même temps qu'elle la dépasse parce qu'elle est une quintessence de femme. Et quand Ovide ajoute : « tant l'art se dissimule à force d'art » (*ibid.*), il fait à la statue le plus beau compliment que puisse faire l'Antiquité. Car le comble de l'art c'est de rejoindre la nature, de paraître vrai, de « dissimuler » son caractère artificiel. Pygmalion lui-même se laisse prendre à cette illusion de vie que constitue le chef-d'œuvre : « il ne peut encore convenir que ce soit de l'ivoire » (*ibid.*). Il faut noter cependant que cette description n'est pas gratuite et ne se contente pas d'exprimer une conception de l'art. Toute la première partie de la description d'Ovide prépare la métamorphose de la statue en femme. Tous les termes qui expriment la vie de la statue anticipent sur cette métamorphose : l'ivoire qui paraissait chair, va vraiment le devenir : « à ce contact, l'ivoire s'attendrit » (*ibid.*, p. 330). Mais il n'en reste pas moins qu'Ovide réussit ici à exposer clairement tout le paradoxe de l'art comme imitation de la nature. Pygmalion, en tombant amoureux de sa statue, a oublié l'écart qui existe entre l'imitation et le réel. Il devient prisonnier de l'illusion qu'il a créée.

L'art et la nature

C'est à partir de cette conception qu'on peut mieux concevoir les rapports complexes entre l'art et la nature chez Ovide. L'imitation du réel est toujours l'objet, chez lui, d'une certaine ambiguïté. Ovide exalte l'imitation de la nature, mais en même temps, il semble donner la primeur à l'imitation. Ainsi, à propos du Centaure Cyllare :

> Ce Centaure avait une barbe naissante, une barbe de couleur dorée, et une chevelure dorée flottait depuis ses épaules jusqu'au milieu de ses flancs. Son visage avait un air de grâce et de force ; son cou, ses épaules, ses bras, sa poitrine et tout ce qui en lui était homme rappelaient les chefs-d'œuvre de l'art (livre XII, « Combats des Lapithes et des Centaures », p. 395).

Ovide décrit ce Centaure en pied, comme une statue ; il insiste sur sa couleur « dorée » comme s'il s'agissait d'une statue peinte ;

enfin, le rapprochement explicite qu'il établit avec les chefs-d'œuvre de l'art rapproche ce personnage « réel » d'une statue. Le personnage perd de sa réalité en étant rapproché de l'art et devient en même temps une référence en matière de beauté, car se rapprocher de l'art, c'est se rapprocher du beau idéal. Sa perfection l'éloigne du réel, ce qui convient bien à un être hybride et fictif.

C'est ce caractère hybride du beau qu'Ovide met la plupart du temps en valeur dans ses descriptions. Ainsi, décrivant la grotte de Thétis, il écrit :

> Au milieu s'ouvre une grotte ; est-elle l'ouvrage de la nature ou bien de l'art ? On ne sait ; pourtant elle est plutôt celui de l'art (livre XI, « Pélée et Thétis », p. 359).

Ce type de paysage n'est pas une invention d'Ovide. À son époque, il n'était pas rare qu'on aménage des lieux de plaisance en forme de grotte artificielle pour le plaisir des yeux. Inversement, les fresques de Pompéi sont rarement faites d'après nature mais reproduisent des décors peints ou des décors de théâtre. L'époque augustéenne ne cesse de jouer avec le réel. Et Ovide est dans la même veine. Ce décor où Thétis vient s'ébattre et qui va servir de cadre à la métamorphose devrait être purement naturel. Or, il est décrit par Ovide comme à mi-chemin entre la nature et l'artifice, et le poète suggère même qu'il est sûrement un lieu artificiel. En optant ainsi pour l'art, Ovide fait comme s'il était nécessaire qu'un lieu pareil ait un degré de sophistication qui l'éloigne de la pure nature pour que l'ensemble de la scène gagne en surnaturel et que les représentations – très fréquentes dans les peintures sur vase – des métamorphoses de Thétis viennent se surajouter à la description du récit.

LES DESCRIPTIONS D'OVIDE : UN SAUT PROPREMENT LITTÉRAIRE

Si l'on observe maintenant les descriptions d'Ovide qui n'évoquent pas directement des œuvres d'art, on y trouve néanmoins un grand nombre de rapprochements possibles avec les arts plastiques. Pourtant, des différences essentielles distinguent la sculpture et la peinture de la littérature.

La sculpture

Commençons par la statuaire. On a souvent fait remarquer que la posture de la statue de Pygmalion, avec « son cou incliné » (livre X, « Pygmalion », p. 330), faisait songer à une œuvre de la période alexandrine, époque où l'on insiste sur la délicatesse et la finesse des postures. On note aussi que, dans ses descriptions, Ovide fait souvent allusion aux matériaux de la sculpture : pierre, marbre, ivoire. Ainsi, quand Cénée est attaqué par le Centaure, « sous le choc son corps résonne comme un *marbre* que l'on a heurté » (livre XII, « Cénée », p. 398). De même, quand Atalante court, « on voit voltiger ses cheveux sur ses épaules d'*ivoire* » (livre X, « Atalante », p. 342). Il ne s'agit pas là de véritables allusions à des statues mais de procédés qui ont des buts différents. Il est question, dans le premier cas, de connoter l'invincibilité du corps de Cénée en évoquant une matière dure ; dans le second, de renvoyer à la beauté parfaite, sculpturale, d'Atalante. Mais la présence de la matière donne corps à la description et s'allie avec l'impression de mouvement qu'Ovide imprime au tableau d'Atalante courant avec « les bandelettes, bordées d'une broderie, qui ornent ses genoux » (*ibid.*). Ce tableau mouvant fait songer à une statue.

La peinture

Ovide est un des poètes latins qui utilisent le plus la couleur, et cela peut permettre le rapprochement entre certaines de ses descriptions et des tableaux. On a déjà vu la profusion de couleurs dans la description du Centaure Cyllare, entre le doré de la barbe et des cheveux, et le noir et blanc du corps (livre XII) ; l'oiseau qui sort de l'écrasement de Cénée par les Centaures est « fauve » (*ibid.*) ; le sang d'Hyacinthe est transformé en fleur pourpre (livre X) ; Cyparissus devient vert en se transformant en cyprès (livre X) et la forêt qui, dans cet épisode, se crée autour d'Orphée, est pleine de couleurs.

Cette profusion de couleurs peut être purement descriptive, contribuant à donner au tableau une vivacité particulière. Mais les couleurs sont aussi allégoriques : Hyménée a un manteau « couleur de safran » (livre X, « Orphée et Eurydice », p. 320) parce que la couleur safran est celle de la robe de mariée chez les Romains ; Iris a un voile « aux mille couleurs » parce qu'elle représente l'arc-en-ciel (livre XI, « Le Sommeil », p. 372). De façon plus générale, la couleur est, chez Ovide, une manifestation de cet art baroque inspiré de l'alexandrinisme. La couleur fait partie de l'impression de profusion et de mouvement. Elle participe aussi d'une certaine orientalisation du texte qui vient se superposer à la situation géographique : par exemple, la pourpre qui a servi à teindre la robe d'Apollon (*ibid.*, « Les oreilles de Midas », p. 356) vient de Tyr, celle qui a teint les tapis sur lesquels Pygmalion étend sa statue vient de Sidon. La pourpre, dans ce cas, sert non seulement à « colorer » le texte, mais aussi à connoter le caractère riche et précieux de cette matière orientale.

Les arts plastiques et la métamorphose

Le souci de l'expressivité permet à Ovide et aux sculpteurs de se rencontrer sur le terrain de la métamorphose, car les sculpteurs alexandrins ont représenté de nombreuses métamorphoses. Mais la comparaison est parfois décevante. Ainsi, l'écrasement de Cénée par les Centaures (livre XII, « Cénée », p. 399-400) est un motif que l'on retrouve très souvent dans des sculptures de temples. Partout des Centaures écrasent Cénée sous de grosses pierres, et celui-ci, muni d'un bouclier, se trouve à demi enseveli dans le sol. Mais d'une part les sculpteurs ignorent l'oiseau au plumage fauve, et s'arrêtent donc avant la métamorphose, d'autre part, ils ne réussissent pas à traduire le mouvement d'écrasement. Quand ce motif est représenté par la céramique, on retrouve mieux, à plat et avec des couleurs, le mouvement d'Ovide. Les peintres ont aussi beaucoup représenté les métamorphoses auxquelles se livre Thétis pour échapper à Pélée. Là encore, c'est le mouvement qui manque. Chez les peintres (dans les peintures de vases par exemple), c'est par le dédoublement du personnage dans l'espace que sont rendues les formes successives de la métamorphose.

Le mouvement de l'écriture

On le voit, il est un peu vain de comparer l'art d'Ovide et celui des sculpteurs ou des peintres. Ce qui caractérise l'auteur des *Métamorphoses*, c'est précisément l'utilisation de toutes les ressources de la rhétorique pour *faire voir*. Le caractère matériel de la peinture ou de la sculpture établit une barrière avec la littérature. Celle-ci réussit à mettre en place un univers de fiction qui semble réel, elle fabrique une statue de Pygmalion qui, mieux que la sculpture ou la peinture, a « toutes les apparences de la réalité ». Si on revient à certaines descriptions d'Ovide, on se rend compte qu'il fabrique de vraies fausses statues qui utilisent d'autres procédés que ceux des arts visuels de la sculpture ou de la peinture. Ainsi, dans l'épisode d'Hyacinthe :

> Ils s'apprêtent à se mesurer en lançant un large disque. Le premier, Phébus, après l'avoir balancé dans sa main, l'envoie à travers les espaces de l'air où il fend de tout son poids les nuées qu'il rencontre sur son passage (livre X, « Hyacinthe », p. 326).

C'est bien la statue d'Apollon discobole, mais vue en mouvement.

Dans la totalité des *Métamorphoses*, on compte vingt-sept métamorphoses en pierre. Or, toutes ne sont pas des transformations en statue. Il faut, pour que l'impression de statue s'impose, que le mouvement soit arrêté. Les Propétides sont simplement pétrifiées, elles se transforment à peine en statues, mais on note qu'elles ont un point commun inversé avec la statue de Pygmalion : quand celle-ci devient femme, elle « rougit » ; chez les Propétides, en revanche, à cause de la sécheresse de leur cœur, « leur sang durci ne rougissait plus leur visage » (livre X, « Les Propétides et les Cérastes », p. 329). Il suffit donc de peu pour qu'elles se transforment en pierre. En revanche, c'est par un amollissement progressif que la statue de Pygmalion devient femme, comme le montre la comparaison avec la cire (*ibid.*, « Pygmalion », p. 330). On n'est pas ici dans la statuaire mais dans la traduction en mots de la dureté de la pierre ou de l'amollissement de l'ivoire.

Mais quand on en vient au serpent qui attaque la tête d'Orphée, « pétrifié » et immobilisé « béant, tel qu'il était, sous la forme d'un dur rocher » (livre XI, « Mort d'Orphée », p. 352), au loup de Pélée qui devient « un bloc de marbre » et perd sa couleur de loup (*ibid.*, « Le loup de Pélée », p. 365) ou au serpent d'Aulis « qui se perpétue dans un bloc en forme de serpent » (livre XII, « Les Grecs à Aulis », p. 382), on est très près de la statue. Ovide nous montre le mouvement qui se fige. Les trois animaux gardent leur mouvement et la position dans laquelle ils se trouvent arrêtés, de sorte qu'ils font bien penser aux animaux de marbre tels qu'on peut les voir dans certaines statues du Vatican. Là, on est dans une *ekphrasis* originale, dans laquelle Ovide ne décrit pas une statue mais suggère la statuaire en décrivant un être de fiction comme un être d'art. Ce qui compte, c'est moins la connotation morale que l'effet esthétique.

Ainsi, l'expressivité réaliste et audacieuse d'Ovide permet de faire des comparaisons fréquentes avec des arts concrets comme la peinture ou la sculpture. On sent chez lui une inspiration alexandrine qui s'attache aux décors et aux représentations artistiques. Mais le poète s'éloigne de comparaisons possibles avec ces arts plastiques par les procédés purement littéraires qu'il emploie. Ce qui l'intéresse, c'est de fabriquer un univers baroque fondé sur l'illusion. Aussi n'est-ce pas tant le concret de la description qui compte pour lui que la création d'un univers purement fictif. Le rattachement de cet univers à celui de l'art est un moyen pour Ovide de réunir le souci d'imitation du réel et le plaisir de l'illusion d'optique. S'y ajoute aussi le plaisir intellectuel de la référence, très caractéristique de l'alexandrinisme : il importe moins de peindre la vie que de placer entre elle et son propre travail toute une série de références artistiques qui ajoutent une sorte de poids culturel à n'importe quelle représentation.

10 Le réalisme d'Ovide

Tout au long des *Métamorphoses*, alors qu'on est dans un récit épique, au sein duquel le lecteur naïf pourrait penser que tout devrait être marqué au sceau du fabuleux, on est frappé par l'impression de réalité qui se dégage du texte d'Ovide.

DÉFINITION DU RÉALISME

La représentation de la réalité est une tradition de la littérature occidentale depuis ses origines. Mais il ne faudrait pas confondre le réalisme tel que le conçoit Ovide avec le courant réaliste du XIXe siècle, illustré en particulier par le roman. Aussi convient-il de bien distinguer les particularités du réalisme dont nous parlons.

Il est clair que l'Antiquité se caractérise par une incomparable culture visuelle et sensorielle. Erich Auerbach[1] a étudié, il y a quelques années, la scène de l'Odyssée où Ulysse, de retour dans sa patrie, est reconnu par sa nourrice grâce à une cicatrice ancienne. Or, nous dit Auerbach, ce qui frappe dans le récit, c'est qu'au milieu d'une scène de reconnaissance pleine d'émotion, Homère s'attarde à nous expliquer avec réalisme l'origine de la cicatrice et les circonstances dans lesquelles Ulysse s'est autrefois blessé (chant XIX). Ce qui caractérise ce genre de réalisme, c'est que le récit semble vouloir tout éclairer, déterminer tous les éléments, sur les plans du temps et du lieu, exprimer clairement les pensées et les sentiments, bref, ne rien laisser dans

1. Erich Auerbach, *Mimesis, la représentation de la réalité dans la littérature occidentale*, Paris, Gallimard, coll. « Tel », 1968 (1946 pour l'édition en allemand), chapitre 1 (voir aussi le chapitre 2 pour notre sujet).

l'obscurité et donner l'impression que chaque scène fournit toutes les informations et ne réclamera aucune interprétation ultérieure. L'aboutissement de ce réalisme, dans les poèmes homériques, c'est d'une part que l'on obtient un récit sans arrière-plan, où tout se meut dans un temps éternellement clair ; mais c'est aussi que l'on nous fait concevoir les héros dans leur vie concrète, que l'on nous fait goûter la saveur de leur présent qui s'enracine dans des usages sociaux, un paysage, des besoins quotidiens. Les historiens s'appuient sur ces détails réalistes pour reconstituer la société de l'époque d'Homère.

OVIDE ET LE RÉEL

Nous avons vu qu'Ovide s'inspire dans une certaine mesure de la littérature homérique ; mais il s'en démarque aussi beaucoup. Il appartient à un autre temps et à d'autres mœurs. Sur le plan du réalisme, il obéit, en tant que Romain, à une tradition. Car tout le monde s'accorde à dire que si l'Antiquité aime décrire le réel, les Romains sont particulièrement passés maîtres dans ce domaine et ont développé tous les genres qui permettent le réalisme. On l'a vu dans les arts plastiques, c'est vrai aussi en littérature. Les Grecs ont toujours l'idée qu'imiter la réalité, c'est représenter une vérité idéale ; se détournant un peu de cette conception, les Romains préfèrent représenter la réalité concrète, copier le réel pour satisfaire le plaisir du public. Mais encore faut-il s'entendre sur cette « copie » du réel.

Différences avec le réalisme moderne

La conception historique de la fiction. Le premier point sur lequel le réalisme antique diffère du réalisme moderne du XIXe siècle, c'est la conception historique de la fiction. Le réalisme antique ne cherche nullement à montrer la condition sociale des gens. Balzac, dans *Eugénie Grandet*, décrit l'origine de la fortune des Grandet de telle manière qu'à travers leur histoire particulière se révèle toute l'histoire française de la Révolution à la Restauration. Ce n'est absolument pas le cas chez Ovide, pas plus que chez aucun autre écrivain de l'Antiquité. Pétrone, par exemple, auteur un peu postérieur à Ovide et auteur du roman intitulé le *Satyricon*, est, de tous les auteurs qui nous sont parvenus de l'Antiquité, celui qui est le plus proche de la conception moderne de la représentation réaliste, par la peinture précise qu'il fait du milieu social de ses personnages. Or, on ne trouve chez lui aucune allusion à un lieu et à un temps déterminés, à une situation économique et politique particulière. Les concepts de « situation sociale » ou de « situation économique » sont complètement étrangers aux Anciens, qui n'ont pas de conscience historique, c'est-à-dire qu'ils n'ont pas la conscience que le monde évolue et change.

Les personnages d'Ovide ne sont pas explicitement situés dans un groupe social. D'ailleurs, parmi les mortels, seuls les rois ou fils de rois sont des personnages dignes d'intérêt, et quand on décline sa position, on n'est vraiment fier que lorsqu'on peut arguer de l'ascendance d'un dieu. Hippomène, s'apprêtant à rivaliser avec Atalante à la course, affirme ainsi :

> Si la fortune me donne l'avantage, tu n'auras pas à rougir d'être vaincue par un homme tel que moi. J'ai pour père Mégarée, fils d'Onchestus ; il a Neptune pour aïeul ; je suis l'arrière-petit-fils du roi des eaux et ma valeur ne le cède pas à ma naissance (livre X, « Atalante », p. 342).

Que dire alors des gens du peuple ? Ils n'existent que comme personnages secondaires, tels le serviteur de Pélée qui joue le rôle de messager dans l'épisode du « Loup de Pélée » (livre XI) ou la nourrice de Myrrha qui va servir d'entremetteuse. Ces personnages n'apparaissent jamais autrement que dans leur fonction de service, non en tant qu'individus à part entière. On peut mettre à part Pygmalion, qui est sculpteur. C'est par la noblesse de l'art qu'il échappe à sa condition sociale d'homme simple, et c'est le mythe de la création artistique qui l'emporte sur la caractérisation sociale.

La trivialité du réalisme. On sait, d'autre part, que l'on a reproché à Zola de ne s'intéresser qu'aux bas-fonds de la société, et que le réalisme du XIXe siècle est souvent associé à l'idée de réalités sordides. Tel n'est pas le cas chez les Romains, où l'on n'associe pas systématiquement réalisme et représentation d'une réalité triviale. On remarquera, par exemple, qu'Ovide traite avec une certaine retenue les scènes les plus scabreuses. Orphée narrateur est choqué qu'Hippomène et Atalante « souillent par une indigne profanation » la grotte sacrée de Cybèle (livre X, « Atalante », p. 345). De même, la scène de Myrrha avec son père est traitée en phrases sobres : Ovide, à travers son narrateur Orphée, commence par rejeter avec horreur l'inceste, qu'il condamne au nom de la morale sans même le nommer. Toute la scène de Myrrha est décrite en insistant sur le caractère condamnable de l'union, avec un vocabulaire moral, non selon une description réaliste :

> Elle unit leurs corps maudits. Le père reçoit l'enfant de ses entrailles dans sa couche impure ; la nuit suivante renouvelle ses honteux plaisirs (livre X, « Myrrha », p. 337).

Là, ce n'est pas du tout la précision concrète qui l'emporte, et si Ovide précise : « Peut-être même, usant des droits de l'âge, lui dit-il "ma fille" ; peut-être lui dit-elle "mon père" » (*ibid.*), ce n'est pas pour rapporter un discours réel (que d'ailleurs le « peut-être » dément) mais pour faire mesurer au lecteur l'infamie à laquelle aboutit cette union.

La focalisation. Un autre aspect du réalisme moderne est ce qu'on a appelé la « restriction de champ », c'est-à-dire le travail sur la focalisation. Camus, dans *L'Étranger*, ne décrit que les réalités que peut voir son personnage narrateur. Stendhal emploie le même procédé au début de *La Chartreuse de Parme* pour décrire la bataille de Waterloo vue par le personnage de Fabrice qui ne comprend rien à ce qui se passe. Ce procédé existe déjà dans l'Antiquité mais il n'est pas une préoccupation première d'Ovide. Quand Orphée prend la parole en tant que narrateur dans le livre X, il n'est pas pour autant pourvu d'une personnalité particulière de narrateur, ni même d'un style propre ; il est le double d'Ovide. En revanche, Nestor, narrateur du combat des Lapithes et des Centaures, est nettement individualisé. À plusieurs reprises au cours du récit, il se rappelle à nous en tant que personnage : « J'ai vu de mes yeux Petreus » (livre XII, « Combats des Lapithes et des Centaures », p. 393) ; « il me semble voir encore… » (*ibid.*, p. 396) ; « Je me souviens encore… » (*ibid.*, p. 397). De plus, il intervient dans la bataille, rappelle que cette bataille se passait bien avant le moment du récit (*ibid.*) et quand il raconte la métamorphose de Cénée, il la rapporte comme un prodige qui a fait l'objet de diverses interprétations de la part de ceux qui y ont assisté (*ibid.*, « Cénée », p. 400). On est donc ici dans un cas précis où Ovide nous fait voir la réalité d'un point de vue restreint et subjectif. Mais ce procédé n'est pas un effet du réalisme particulier du poète. Il est plutôt une caractéristique des discours directs dans l'*Iliade*, et Ovide s'en sert pour réduire la dimension épique du récit en transformant l'effrayante épopée en souvenir personnel.

Le réalisme d'Ovide

Cependant, avec ce dernier procédé, on se rend compte que le réalisme est bien une dimension importante du récit chez Ovide. Ce réalisme se caractérise par une série de traits qu'il faut maintenant evoquer.

Faire voir. On peut remarquer chez lui un goût pour le visuel. On l'a évoqué à propos des arts plastiques. L'attention aux détails concrets est à la fois un trait particulier de la personnalité d'Ovide et la principale caractéristique du réalisme romain. Dans le combat des Lapithes et des Centaures, ce goût pour les détails permet des descriptions parfois insoutenables de blessures qui ressemblent fort – en plus grand puisqu'il s'agit de géants – à celles qu'on pouvait voir sur les champs de bataille :

> Les yeux ont jailli hors des orbites ; les os de la face sont fracassés, au point que le nez, repoussé en arrière, est venu se fixer au milieu du palais (livre XII, « Combats des Lapithes et des Centaures », p. 390).

Même les longues comparaisons rhétoriques, qui font partie du style épique, contribuent à renforcer ce caractère réaliste. Ainsi, quand le Centaure Rhoetus met le feu à la chevelure du Lapithe Charaxus :

> la flamme rapide gagne la chevelure, qu'elle dévore comme une moisson sèche ; le sang qui coule de la blessure produit en se consumant un sifflement terrible, comme le fer rougi au feu, lorsque l'ouvrier, l'ayant retiré avec ses pinces recourbées le plonge dans un seau ; ainsi le métal, aussitôt trempé, frémit et siffle dans l'eau qui s'attiédit (*ibid.*, p. 391).

Ce qui frappe dans cette description, c'est d'abord la parfaite pertinence de la comparaison ; c'est ensuite qu'elle ajoute à la vue le son, et que l'ouïe, plus concrète que la vue, accroît encore l'horreur de la description. La preuve, d'ailleurs, que ces blessures sont réalistes, c'est qu'elles suscitent l'horreur devant ce que le lecteur ressent comme un document-choc plutôt qu'elle ne fait naître l'impression de grandiose exaltant qui caractérise l'épopée.

Cependant Ovide ne spécialise pas son réalisme dans la description de réalités horribles. Comme Homère, il fait preuve dans tous les domaines d'une attention au réel, ce qui se vérifie dans l'épisode de Céyx et Alcyone, au livre XI. La tempête qu'affronte Céyx est un morceau particulièrement épique : c'est une réécriture des deux tempêtes de l'*Énéide*. aux livres I et III, et c'est un condensé de tempête : l'hyperbole joue un rôle si grand qu'on est dans une mer irréelle, magiquement maléfique, plutôt que dans une tempête réaliste. Cependant, au milieu de ce déchaînement du ciel et de l'eau, on remarque une notation très précise au moment où le bateau commence à se désarticuler :

> Déjà, les chevilles sont ébranlées ; dépouillées de leur enduit de cire, les fentes s'ouvrent et donnent passage à l'eau fatale (livre XI, « Céyx et Alcyone », p. 369).

Le détail explique très rationnellement le début du naufrage, même si tout le contexte est surnaturel.

La motivation réaliste. Nous avons déjà évoqué le procédé de la « motivation réaliste » (→ PROBLÉMATIQUE 7, p. 88). On peut revenir sur ce procédé, qui est un des plus frappants. Ovide, même quand il s'agit d'un texte surnaturel, justifie l'action par des raisons très logiques. Ainsi, dans l'épisode de Myrrha, au livre X, c'est le moment des fêtes de Cérès que choisit la nourrice pour faciliter l'accès de la jeune fille à son père. Or, ces fêtes semblent d'abord décrites pour elles-mêmes :

> Les mères de familles célébraient pieusement les fêtes annuelles de Cérès, où, vêtues d'étoffes blanches comme la neige, elles lui offrent des guirlandes d'épis, prémices de leurs récoltes, et où elles s'interdisent jusqu'à la fin de la neuvième nuit, les plaisirs de Vénus et le contact de leurs époux. La reine Cenchréis assiste à leurs assemblées, elle fréquente avec elles les saints mystères (livre X, « Myrrha », p. 336).

Cette description très concrète semble une digression sur les fêtes traditionnelles ; ce n'est que progressivement que l'on comprend que la nécessaire abstinence sexuelle qu'exige le culte de la part de « l'épouse légitime » va permettre à la nourrice d'introduire Myrrha auprès de son père plusieurs nuits de suite. Le détail réaliste sert donc à expliquer les moyens par lesquels se commet l'inceste, sans d'ailleurs qu'Ovide précise – sans doute par décence, et comme par une limite au réalisme – que cette rivale écartée est bien la mère de Myrrha.

Des réalités romaines dans un monde grec. Un dernier élément de ce merveilleux réaliste est le recours à des réalités romaines. Rappelons que toutes les légendes des *Métamorphoses* sont grecques, à l'exception de celles des livres XIV et XV. Or, Ovide latinise cet univers purement grec. Il donne ainsi systématiquement aux dieux leur nom latin. Il ne parle que de Jupiter ou de Neptune, jamais de Zeus ou de Poséidon. D'autre part, il introduit toute une série de détails concrets qui « parlent » plus particulièrement à des Romains. Ainsi, dans l'épisode de Cyparissus, le cerf de Carthée auquel le jeune homme est très attaché, porte au front « une bulle d'argent » (livre X, « Cyparissus », p. 324). Or, la bulle est un médaillon rempli d'amulettes que les Romains attachaient au cou de l'enfant à sa naissance et que celui-ci gardait jusqu'à ses dix-sept ans : ce détail connote donc, pour les Romains, d'une part la jeunesse du cerf humanisé, d'autre part son origine aristocratique puisque la bulle est en argent.

De même, voici comment Ovide décrit le teint d'Atalante qui court :

> La blancheur virginale de son corps s'était colorée d'incarnat, comme les blancheurs d'un atrium reflètent le vélum de pourpre qui les couvre (livre X, « Atalante », p. 342).

L'atrium est la pièce principale de la maison romaine. Le toit de cette pièce était pourvu d'une ouverture carrée qui permettait de recueillir la pluie dans un bassin. Or, pour protéger du soleil les habitants, on étendait un voile pourpre contre cette ouverture. Ainsi, Atalante, malgré sa course surnaturelle, est décrite avec des détails si familiers aux Romains que la scène entière devient à la fois poétique et quotidienne.

UN RÉALISME LIÉ AU MÉLANGE DES GENRES

Ce réalisme, qui ne nous fait jamais oublier le quotidien alors même qu'on est dans une fiction merveilleuse, est, certes, une tendance générale de l'esthétique latine qui s'intéresse particulièrement à la reproduction fidèle de la réalité. Mais il se justifie aussi par le projet d'Ovide.

Le réalisme après Homère

Homère ne craint pas de mêler le sublime et le tragique avec des éléments réalistes pris dans la réalité quotidienne. Mais après lui se met en place un enseignement rhétorique d'où surgit, en Grèce, une réflexion sur les genres semblable à celle qui animera l'époque classique en France. Il ressort de cette réflexion que les genres doivent être soigneusement distingués et que des styles différents s'attachent à des genres différents. La règle de la séparation des styles s'impose alors presque universellement. Selon cette règle, la peinture du quotidien est incompatible avec le sublime, style le plus élevé, et doit trouver place dans la comédie. Ainsi, dans l'épopée et la tragédie, genres nobles et dont les personnages appartiennent à l'aristocratie, ne sauraient se mêler des détails réalistes, assimilés à des détails vulgaires (qui renvoient au peuple). Le réalisme apparaîtrait, s'il était mêlé à ces genres, comme une mésalliance véritablement sociale.

C'est cette idée que le réalisme est lié à la comédie qui empêche, dans l'Antiquité en général, de prendre au sérieux les métiers, le décor et les circonstances de la vie quotidienne. Cantonnée dans les genres comiques, la vie quotidienne est rarement l'objet de l'attention des auteurs.

L'alexandrinisme et le mélange des genres

Or, l'alexandrinisme a permis une certaine libération par rapport à ce carcan des genres. D'une part, en effet, ce courant donne une grande place aux petits genres, tels l'idylle. Or, celle-ci, parce qu'elle est un genre mineur qui met en scène des bergers, n'a pas de grande prétention « sociale » ; elle peut se permettre d'introduire des détails familiers, quotidiens. Certes, ces poèmes doivent rester d'une grande poésie et ils ne font entrer le réalisme que sous une forme soigneusement stylisée, comme le fait Ovide lui-même quand il évoque les animaux que se permet de chasser Vénus en compagnie d'Adonis :

> [elle] poursuit les animaux que l'on peut capturer sans danger, les lièvres prompts à fuir, tête basse, les cerfs à la haute ramure, ou bien les daims (livre X, « Vénus et Adonis », p. 340).

On est à peine dans l'évocation de réalités familières. Mais l'habitude de ces genres qui mettent en scène des personnages sans prétention permet d'introduire des détails quotidiens.

D'autre part, nous l'avons vu, l'alexandrinisme aime mélanger les genres. Or, le mélange des genres a pour conséquence immédiate de briser le tabou du réalisme lié au comique. Les poètes alexandrins comme Callimaque ou Théocrite ne sont guère comiques, mais ils décrivent un univers familier qui appelle naturellement le réalisme. Ce sont donc ces productions de la littérature alexandrine qui se rapprochent le plus d'une représentation large et fidèle de la vie quotidienne.

Le réalisme d'Ovide s'explique beaucoup par cette influence : il mêle constamment les détails de la vie et les enjeux épiques ou tragiques. Quand il décrit le palais de la Renommée (livre XII, « La Renommée »), le passage commence sur un ton sérieux et dans un style élevé, avec une longue phrase destinée à décrire la toute-puissance de la Renommée. Mais ensuite, c'est en termes très concrets qu'il décrit l'atrium du palais. Les Romains puissants avaient une tradition : celle de recevoir chaque matin leurs « clients », c'est-à-dire des protégés qui venaient chercher de l'argent ou de l'aide. Ces clients étaient des parasites oisifs qui pouvaient se transformer en hommes de main. Dans la description des gens qui peuplent l'atrium, c'est implicitement à ce genre de population que renvoie le texte :

> Toute une foule se presse dans l'atrium ; un peuple léger y va et vient ; mille fausses nouvelles y circulent en tous sens [...] Parmi ces rumeurs les unes remplissent de leurs récits les oreilles des oisifs, les autres colportent ailleurs ce qui se dit (livre XII, « La Renommée », p. 383).

Là, nous ne sommes plus guère dans le ton de l'allégorie, qui se rattache aux genres nobles. On est dans une satire des mœurs romaines, et l'ironie pointe son nez. Ce n'est que dans les dernières phrases que le ton redevient élevé.

Sens du détail et distorsion du genre

Le réalisme est, en quelque sorte, le surgissement de la vie comme elle va au milieu d'une structure organisée autour d'un sens. Le réalisme, quand il consiste dans l'insistance sur le détail trivial, se repère au fait qu'il semble donner des précisions qui ne se justifient que par le désir d'être fidèle au réel. Voici, par exemple, comment Ovide-Nestor décrit, au livre XII, la mort de Périclymène transformé en aigle :

> Le héros de Tirinthe [= Hercule] tend contre lui son arc qui n'est que trop sûr et, tandis que l'oiseau planait dans les airs, suspendu au milieu des nuages, *il l'atteint à l'endroit où l'aile rejoint son flanc. La blessure n'était pas grave ; mais brisés par ce coup, les muscles cessent d'agir, se refusent au mouvement et enlèvent à son corps la force de voler.* Il tombe sur la terre (livre XII, « Périclymène », p. 401).

Ovide aurait pu supprimer tout ce que nous avons souligné en italique, car ces précisions, qui relèvent d'un souci méticuleux du détail, augmentent le caractère visuel de la narration mais ne font pas sens en elles-mêmes. Or, on est ici dans un récit épique, renforcé par la solennité avec laquelle Nestor évoque la mort d'un frère. La seule partie des actions qui devrait être exprimée serait donc celle qui importe au but de l'action, le reste demeurant dans l'ombre. Mais une distorsion légère se fait jour par ces détails, qui n'ont pas de fonction et qui n'apparaissent que comme réalistes.

La parodie par le réalisme

Or, la caractéristique du réalisme, quand il est employé sinon à contre-emploi du moins de façon inattendue, c'est qu'il prend un sens nouveau, qui est souvent celui de la subversion de l'idéologie sérieuse des grands genres.

On a vu déjà cette subversion naître des détails concrets qui émaillent le récit autour d'Orphée (→ PROBLÉMATIQUE 7, p. 88). On pourrait faire la même analyse concernant le combat d'Achille et de Cygnus au livre XII. Le ressort de ce combat, qui est un substitut du combat d'Achille et d'Hector, est fondé sur l'invincibilité de Cygnus. Celle-ci devrait être traitée comme un prodige, entraîner la crainte respectueuse d'Achille ou faire naître ce sentiment d'impuissance caractéristique des situations où les dieux interviennent dans les affaires humaines (c'est ainsi que réagit Pélée dans l'épisode du « Loup de Pélée », au livre XI, quand il s'aperçoit que ce loup n'est pas « naturel »). Mais Achille semble oublier qu'il est dans une épopée. Il ne raisonne qu'en termes rationnels et ne comprend pas que Cygnus demeure invincible. Alors il s'acharne. Il commence par jeter à plusieurs reprises sur lui sa merveilleuse lance du Pélion, mais Cygnus n'est pas blessé. Ensuite il pense à un défaut technique : « [...] le héros regarde si le fer de son javelot ne serait pas tombé » (livre XII, « Achille et Cygnus », p. 385), mais non ! Ensuite, il doute de lui et, dans un monologue sur ses exploits passés, se demande s'il a perdu ses capacités. Mais Ménétès passe par là. Achille l'utilise alors comme test et le transperce de sa lance, s'assurant ainsi qu'il est bien toujours aussi habile. Il recommence contre Cygnus, croit l'avoir blessé, mais Cygnus n'a été que taché par le sang de Ménétès... Autant de détails concrets et rationnels qui sont là, bien sûr, à contre-emploi. Nous sommes en présence d'un héros mythologique qui ne comprend pas les règles de la mythologie, qui ne voit que du rationnel là où il y a du merveilleux, et qui va ainsi devenir d'une brutalité bestiale par un crescendo dans la colère, colère elle-même mythique. Tout, dans cet épisode, est réaliste, alors que le réalisme n'est pas du tout dans le ton de l'épisode, qu'il brise une logique autre et provoque la dérision. On est bien dans la parodie et dans la subversion du code épique.

C'est aussi à cela que sert le réalisme chez Ovide. Il est non seulement un procédé qui s'attarde sur le quotidien pour le mêler aux hauts faits qui caractérisent les grands genres, mais aussi un moyen de subvertir ces grands genres, de s'amuser avec la culture en décalant les effets attendus.

11 Fonctionneme et fonction de la métamorphose

La métamorphose ne tient pas plus de place dans la religion romaine que dans la religion grecque. Elle est simplement une donnée de la mythologie que la période alexandrine a particulièrement cultivée. Mais la manière dont Ovide focalise sur elle tout l'intérêt de son ouvrage lui donne une dimension exceptionnelle. S'il y a quelque chose qui réponde à l'attente du lecteur, dans *Les Métamorphoses*, c'est bien l'adéquation entre le titre et son contenu. Les métamorphoses sont partout et constituent bien le motif central de l'œuvre. Il convient de se demander quel est le fonctionnement de la métamorphose mais aussi quelle est sa fonction dans l'œuvre.

LA MÉTAMORPHOSE COMME FONCTIONNEMENT

Qui est métamorphosé et en quoi ?

Si l'on examine les diverses métamorphoses du texte, on remarque d'abord que n'importe qui ou n'importe quoi peut être transformé. La plupart du temps, ce sont des humains qui le sont, mais ce peuvent être aussi des animaux, comme le loup dans l'épisode du « Loup de Pélée » (livre XI) ou le serpent dans celui des « Grecs à Aulis » (livre XII). Les pierres aussi peuvent se transformer, puisque dans « La mort d'Orphée », au début du livre XI, elles entendent le son de la voix du poète et le suivent.

En quoi, ensuite, est-on métamorphosé ? La plupart des humains se transforment soit en animaux, soit en végétaux, arbres

…rs ; quant aux animaux, dans les livres X, XI et XII, ils sont …trifiés, et les pierres humanisées ! On note ainsi, dès le départ de la réflexion, que la métamorphose n'institue pas de hiérarchie entre les êtres : elle est une transformation universelle de tout en tout. S'il existe une hiérarchie, c'est par l'affirmation implicite de différents règnes : végétal, animal, humain, entre lesquels les êtres vont et viennent.

Qui métamorphose ?

Ce sont toujours les dieux qui procèdent à la métamorphose. Mais, là, une hiérarchie intervient. Souvent, quand les dieux se livrent à la métamorphose, ils ne le font pas tant comme une manifestation absolue de leur pouvoir que comme une manifestation très relative. En effet, au-dessus des dieux, planent toujours les destins. Ovide commence ainsi, au livre X, l'épisode d'« Hyacinthe », qui succède à celui de « Ganymède » :

> Toi aussi, fils d'Amyclas [= Hyacinthe], Phébus t'aurait placé dans les cieux, si les destins contraires le lui eussent permis. Pourtant, ils t'accordent d'une autre manière l'immortalité (livre X, p. 326).

On notera le pluriel qui exprime l'idée que ce n'est pas Phébus seul qui va métamorphoser Hyacinthe, mais la collectivité des dieux (ce sont aussi « les dieux » qui transforment Myrrha, livre X, « Myrrha », p. 338) et Céyx (livre XI, « Le Sommeil », p. 377). Apollon-Phébus est désespéré, dans l'épisode d'« Hyacinthe », de ne pouvoir mourir avec son ami « puisque la loi du destin [le lui] interdit » (livre X, p. 327), et il semble lier la métamorphose, qui apparaît comme un pis-aller, à cette interdiction : « […] fleur nouvelle, tu rappelleras mes gémissements » (*ibid.*).

Vénus, en revanche, paraît avoir plus de liberté de choix. Quand elle voit les Cérastes et les Propétides mal se comporter sur une île qui lui est consacrée, « elle se demande quelle nouvelle forme elle pourrait leur donner » (livre X, « Les Propétides et les Cérastes », p. 328) et agit à sa guise. De même, dans l'épisode suivant (« Pygmalion »), c'est elle qui exauce le vœu de Pygmalion et transforme la statue en femme. En revanche, quand Adonis meurt, elle se retrouve dans la même situation impuissante que Phébus à la mort d'Hyacinthe : « Accusant les destins : "Non, dit-elle, tout ne sera pourtant pas soumis à votre loi, il subsistera à jamais le souvenir de ma douleur [...]" » (livre X, « Atalante », p. 347), et de même que Phébus, elle songe à la métamorphose comme à une solution de repli. Mais cette solution même semble pouvoir lui être refusée, puisqu'elle ajoute : « Quoi ! Perséphone, tu as pu jadis faire d'un corps de femme la menthe odorante, et moi je serais blâmée si je donne à ce héros, au fils de Cinyras, une forme nouvelle ? » (*ibid.*). Tout se passe donc comme si Vénus devait argumenter auprès des destins avant d'avoir le droit de métamorphoser Adonis. On pourrait croire que c'est seulement quand les dieux sont amoureux de mortels qu'ils perdent leur pouvoir, s'humanisent et passent sous la domination des destins. Mais cette domination est bien plus générale. Jupiter même n'est pas maître des destins : il ne peut, par exemple, détourner l'oracle prédisant que le fils de Thétis surpasserait son père qu'en renonçant à s'unir à Thétis au profit de Pélée (livre XI, « Pélée et Thétis », p. 358).

La métamorphose : récompense ou punition ?

La métamorphose ne fonctionne pas toujours de la même façon dans le texte d'Ovide.

Sans signification. Elle paraît parfois vide de sens ou complètement secondaire : c'est le cas des pétrifications des serpents d'Orphée ou d'Aulis, et du loup de Pélée. On a l'impression d'un geste créateur destiné à fixer l'épisode pour la mémoire des peuples, comme si, à la place des mots, une statue devait rappeler l'histoire, mais sans que les intéressés aient quelque leçon à tirer de leur métamorphose.

Punition. La métamorphose peut aussi servir de punition, ce qui est le cas dans les livres X, XI et XII pour six épisodes : « Les Propétides et les Cérastes », Atalante et Hippomène (livre X,

« Atalante »), le serpent d'Orphée (livre X, « Orphée et Eurydice »), les Ménades (livre XI, « Châtiment des Ménades »), le loup de Pélée dans l'épisode du même nom et le serpent d'Aulis (livre XII, « Les Grecs à Aulis »). On notera que parmi ces métamorphoses, trois sont des pétrifications d'animaux ; seuls les Propétides d'une part, Atalante et Hippomène de l'autre sont des humains punis pour leurs forfaits, qui est le même : l'impiété envers les dieux. Les premières sont transformées en rochers, les seconds en lions.

Consolation. Beaucoup plus fréquemment, la métamorphose est une consolation. C'est le cas dans neuf épisodes : « Cyparissus », « Hyacinthe », « Myrrha », « Vénus et Adonis » (livre X), « Daedalion et Chloné », « Céyx et Alcyone », « Ésaque » (livre XI), « Achille et Cygnus », « Cénée » (livre XII).

Récompense. Parfois aussi, la métamorphose est une récompense : c'est le cas pour Pygmalion, et, de manière plus ambiguë pour Midas.

Enfin, il faut mettre à part les cas de dieux qui se transforment, car ce sont des métamorphoses provisoires, qui ne modifient pas leur être : Jupiter en aigle pour enlever Ganymède (livre X) ; Thétis pour échapper à Pélée (livre XI). Le fait que Périclymène, le frère de Nestor, soit tué au moment où il vient de se transformer en aigle est surprenant puisqu'un mortel ne peut en principe se transformer provisoirement ; mais le texte nous apprend que sa capacité de métamorphose est un don du dieu Neptune (livre XII, p. 401).

Bienveillance des dieux. Reste un dernier cas : celui de la substitution d'une biche à Iphigénie, qui manifeste la bienveillance des dieux sans être véritablement une récompense.

On voit donc que la métamorphose, dans ses manifestations, n'a pas un fonctionnement univoque. Elle dépend entièrement des contextes, et n'a pas de sens en elle-même. Mais, en principe, elle n'est provisoire que chez les dieux.

LA MÉTAMORPHOSE COMME SPECTACLE

La métamorphose est un motif à la fois varié et uniforme. Ovide courait le risque de donner l'impression, soit de raconter toujours la même histoire, soit de ne raconter que des histoires différentes sans lien entre elles. Il y a donc, dans l'ouvrage, un grand travail de mise en spectacle de la métamorphose.

L'organisation en séries

On remarque d'abord que les métamorphoses, malgré les légendes particulières auxquelles elles sont rattachées, forment des séries subtiles. Ce sont ces séries qui structurent le texte en une composition complexe. Des ponts s'établissent entre les diverses métamorphoses et renforcent le sens de chacune.

Végétaux. Ainsi, au livre X, prédominent les transformations en végétaux : Cyparissus, Hyacinthe, Myrrha, Adonis. Mais des liens subtils unissent en outre certaines métamorphoses : celle d'Hyacinthe et celle d'Adonis, par la transformation en fleur ; celle de Cyparissus et celle d'Hyacinthe, par l'amour du dieu et par la culpabilité de Cyparissus d'avoir tué « son » cerf et d'Apollon d'avoir tué Hyacinthe. Un lien généalogique unit Pygmalion, Myrrha et Adonis. Les transformations en végétaux semblent aussi avoir toutes une vertu apaisante.

Oiseaux. Les transformations en oiseaux sont très nombreuses dans les livres X, XI et XII : Daedalion, Céyx et Alcyone, Ésaque, au livre XI, font l'objet de métamorphoses qui présentent des échos textuels frappants ; dans les trois cas, la métamorphose permet d'échapper à une douleur trop grande du protagoniste prêt à se tuer. L'oiseau symbolise la libération.

Cygnus et Cénée. Le principe de ces échos textuels, constant dans l'œuvre, relie les épisodes entre eux et crée des liens entre des histoires apparemment indépendantes. C'est le cas, par exemple, des épisodes de Cygnus et Cénée, au livre XII. Les deux personnages échappent à l'écrasement, d'Achille pour le premier, des Centaures pour le second, par leur transformation en oiseaux.

Les deux épisodes se répondent et, de l'un à l'autre, un crescendo est créé dans la violence. Cygnus et Cénée ont tous deux reçu un don des dieux : celui d'être invincibles. Mais l'acharnement de leurs adversaires semble faire craindre, dans les deux cas, que leur invincibilité ne résiste pas. La métamorphose règle la question : elle les fait échapper à une mort impossible. On a, en outre, l'impression que les deux métamorphoses correspondent à des apothéoses : les deux oiseaux ne sont pas décrits comme des oiseaux terrestres (contrairement aux personnages transformés en oiseaux du livre XI) mais comme des oiseaux surnaturels ·

> Achille se préparait à dépouiller le vaincu ; il ne voit que les armes qu'il a laissées ; le dieu des mers a fait de son corps cet oiseau au blanc plumage dont naguère il portait le nom » (livre XII, « Achille et Cygnus », p. 386) ;
>
> [Le fils d'Ampyx] a vu sortir du milieu des matériaux empilés un oiseau au plumage fauve, qui a pris son vol dans l'air limpide […] : « Salut, dit-il, gloire de la nation des Lapithes, toi qui fus jadis un grand homme et qui es aujourd'hui un oiseau unique ; salut, Cénée » (livre XII, « Cénée », p. 400).

Cygnus et Cénée semblent rejoindre les dieux. En reliant ainsi subtilement les deux métamorphoses, Ovide crée également un réseau d'analogies entre l'épisode de la guerre de Troie (avec Cygnus) et celui du combat des Lapithes et des Centaures (avec Cénée), assimilant l'un à l'autre dans un but de parodie.

La métamorphose comme mouvement progressif

L'autre moyen par lequel Ovide met en scène la métamorphose, c'est la manière dont il conduit la description elle-même. La variété avec laquelle sont décrites les métamorphoses est un élément remarquable de l'œuvre. Certaines d'entre elles, comme celle de Cygnus qu'on vient de voir (livre XII), sont instantanées et sont donc données pour un prodige. Les pétrifications aussi figent instantanément l'intéressé dans la posture qu'il avait de son vivant et semblent mettre fin à la violence.

Mais la plupart des métamorphoses sont à l'inverse décrites comme un mouvement progressif. Ainsi, le protagoniste se voit parfois littéralement changer de forme et semble participer à sa transformation : c'est le cas de Cyparissus, dont les cheveux se dressent pour devenir branches : « [...] ses cheveux, qui tout à l'heure retombaient sur son front de neige, se dressent, se raidissent et forment une pointe grêle qui regarde le ciel étoilé » (livre X, « Cyparissus », p. 325). Les Ménades elles aussi se transforment, encore conscientes, en arbres :

> Tandis qu'elles cherchent où sont leurs doigts, leurs pieds, leurs ongles, elles voient des fibres ligneuses monter le long de leurs jambes rondes (livre XI, « Châtiment des Ménades », p. 353).

La plus impressionnante de ces transformations est celle de Myrrha, qui plonge elle-même « son visage dans l'écorce » (livre X, « Myrrha », p. 338) pour échapper à son sort. Cette dernière métamorphose est d'autant plus saisissante qu'elle est immédiatement suivie de l'accouchement de Myrrha devenue arbre aux « branches endolories » par le travail et qui, après être, en quelque sorte, « entrée » elle-même dans l'arbre, va en expulser son fils « par une fente de l'écorce » (*ibid.*, p. 339).

L'extraordinaire imagination d'Ovide et sa capacité à faire voir un prodige comme un processus progressif font que toutes les métamorphoses demeurent dans la mémoire avec leurs particularités. C'est ce mélange de réalisme et de fantaisie, appuyés sur une description minutieuse, qui caractérise les métamorphoses.

LA SIGNIFICATION DE LA MÉTAMORPHOSE

La métamorphose semble ne pas avoir de fonction constante dans l'œuvre : simple mesure de protection provisoire chez Thétis (livre XI, p. 359), elle est un changement de destin pour Myrrha (livre X, p. 338). Tandis que la substitution d'une biche à Iphigénie est traitée rapidement et sans aucune mise en scène (livre XII, p. 382), la métamorphose d'Atalante et Hippomène fait l'objet d'une description soignée (livre X, p. 346). Ovide n'assigne donc pas toujours la même importance à la métamorphose, et même ne lui attribue pas toujours une fonction. Dans l'œuvre, la métamorphose n'est pas toujours le but de l'épisode. Dans l'épisode de Ganymède, elle est un simple moyen employé par Jupiter. Il y a même le cas très particulier d'Orphée, dont on parle longuement alors qu'il ne subit aucune métamorphose. Mais quand la métamorphose est l'aboutissement de l'épisode, elle revêt une véritable signification.

La métamorphose comme entre-deux

La métamorphose a, la plupart du temps, une signification qui dépasse le simple changement. Vénus, au moment de transformer les Cérastes dit ainsi : « Que cette engeance sacrilège expie son forfait par l'exil ou par la mort ou par un châtiment qui tienne le milieu entre la mort et l'exil » (livre X, « Les Propétides et les Cérastes », p. 328). La métamorphose est donc considérée comme une manière d'échapper à la vie sans mourir, ou d'échapper à la mort sans plus vraiment vivre. Elle est constamment définie comme un entre-deux. L'oracle, dans la légende d'Atalante, lui prédit : « Sans cesser de vivre, tu cesseras d'être toi-même », ce qui correspond à l'annonce de sa transformation en lion (livre X, p. 341).

Alternative à la mort. Très souvent, la métamorphose apparaît comme une alternative à la mort. L'Antiquité ne croit pas à un au-delà qui serait une délivrance – encore qu'il faille être prudent en posant cette affirmation parce que les cultes à mystères, qui se sont répandus à Rome précisément à l'époque d'Ovide, de même que le pythagorisme, possédaient des rites mal connus mais impliquant certainement l'existence d'un au-delà et d'une survie spirituelle. Cependant, la tradition grecque et romaine confie surtout à la mémoire et à la renommée le soin de rendre les humains immortels. Ovide l'exprime clairement dans l'épisode de « La mort d'Achille », qui est écrit comme un éloge funèbre :

> Il n'est plus que cendre et du grand Achille il reste un je ne sais quoi qui pourrait à peine remplir une petite urne ; mais sa gloire toujours vivante remplit l'univers entier. C'est là l'espace qui répond à la mesure d'un tel homme ; c'est par là que le fils de Pélée est égal à lui-même et qu'il échappe au Tartare, séjour des ombres vaines (livre XII, p. 403).

La survie dans le Tartare n'est pas une vraie survie, seule compte la gloire terrestre. C'est pourquoi le geste qui conduit à la métamorphose d'Hyacinthe ou d'Adonis est important : il leur permet d'échapper à l'oubli en devenant des fleurs qui reviennent à chaque printemps. Les dieux qui les ont aimés leur permettent ainsi d'accéder à une certaine immortalité qui est celle de la nature. L'importance de la dimension de commémoration se remarque au fait que les métamorphoses d'Hyacinthe et d'Adonis s'accompagnent de fêtes en leur honneur, qui rappellent leur souvenir en même temps que la fleur perpétue un peu de leur existence.

D'ailleurs, dans ce cas, la métamorphose est souvent la réponse à une demande de l'intéressé : Cyparissus « demande aux dieux, comme une faveur suprême, de verser des larmes éternelles » (livre X, « Cyparissus », p. 325) ; il est donc transformé en un arbre symbole de deuil, le cyprès. Le cas de Myrrha est particulier. Elle aussi réclame l'aide des dieux mais, honteuse de son acte, elle le fait dans des termes montrant qu'elle a compris qu'il lui faut sortir du système normal de la vie et de la mort :

> Je ne veux pas souiller les vivants en restant dans ce monde, ni morte, ceux qui ne sont plus ; bannissez-moi de l'un et de l'autre empire ; faites de moi un autre être à qui soient interdites et la vie et la mort (livre X, « Myrrha », p. 338).

La métamorphose en arbre permet alors d'entrer dans un autre règne que celui des humains, d'appartenir au règne de la nature qui ne vit pas complètement, mais ne meurt jamais non plus. Par la métamorphose, Myrrha échappe au poids de la culpabilité : elle va continuer à pleurer, mais ce seront des larmes de myrrhe, purement matérielles, tandis qu'elle-même aura « perdu, avec son corps, tout sentiment » (*ibid.*, p. 338).

La transformation en oiseau est proche de cet état. On le voit pour Céyx et Alcyone : en devenant l'espèce des alcyons, ils échappent à la mortalité de l'individu : « [...] pendant sept jours sereins de la saisons d'hiver, Alcyone couve son nid suspendu sur les flots » (livre XI, « Céyx et Alcyone », p. 377). Le poète ne dit pas « l'alcyon » mais associe directement le personnage à l'espèce qu'il a fait naître.

Être différent ou renforcement de l'être ? La métamorphose, d'autre part, peut transformer en un être totalement différent ou rapprocher l'être de sa vérité. Quand Atalante et Hippomène sont transformés en lions, la longue description de leur métamorphose met en valeur le fait qu'ils passent à l'état sauvage et deviennent redoutables (livre X, « Atalante », p. 346). Or, rien ne le laissait présager. On est là dans un cas type de punition divine où les personnages deviennent ce qu'ils n'étaient pas. Rien, dans le texte, ne laissait présager qu'ils deviendraient lions.

Souvent, au contraire, la métamorphose a un lien avec ce qu'était le personnage. Ainsi, les Cérastes, qui avaient des cornes, deviennent des taureaux ; les Propétides, surtout, « avaient dépouillé toute pudeur et leur sang durci ne rougissait plus leur visage ». Aussi, « elles furent, par une altération à peine sensible, changées en pierres » (livre X, « Les Propétides et les Cérastes », p. 328-329). Les Propétides étaient déjà pierres moralement... Les bestiaires du Moyen Âge, en associant tel vice avec tel animal, useront du même principe analogique.

De manière encore plus profonde, la métamorphose agit souvent de telle sorte que le personnage transformé rejoint la vérité de son être. C'est le cas de ceux qui portent déjà le nom de ce qu'ils vont être. *Cyparissos*, en grec, signifie « cyprès », l'hyacinthe est une fleur, Myrrha devient la myrrhe, Cygnus un cygne, Alcyone un alcyon. Le nom propre devient un nom commun par un procédé étymologique qui place un individu unique à l'origine d'une espèce. Par là, la métamorphose revêt une importance décisive puisqu'elle contribue à créer le monde, de la même manière qu'Orphée, par sa parole, attire à lui les arbres et crée des forêts là où il n'y avait rien (livre X, « Les arbres qui marchent », p. 323). Dans les deux cas, c'est le mot au sens large qui contribue à peupler l'univers.

Une pratique magique

Quand elle a une signification, la métamorphose apparaît comme un acte magique. La magie, venue d'Orient, entre dans les mœurs à Rome à l'époque d'Ovide, et *Les Métamorphoses* d'Apulée, roman un peu postérieur à l'œuvre d'Ovide, mettront en scène une magicienne qui se transforme elle-même au moyen d'onguents. La magie se situe entre science et religion. Comme la science, elle suppose qu'il y a au fondement de la nature un jeu de lois immuables agissant d'une façon mécanique. Mais elle se rapproche de la religion par la foi en un fonctionnement surnaturel. On trouve des magiciens dans *Les Métamorphoses* (voir Médée, au livre VII). Dans les livres X, XI et XII, on remarque, par exemple, que la nourrice de Myrrha, ne sachant ce qui provoque le trouble de la jeune fille, est prête à recourir à la magie pour l'aider :

> Est-ce chez toi un coup de folie ? Je sais une femme qui a des incantations et des plantes pour te guérir. Es-tu victime d'un maléfice ? Je te ferai purifier par un rite magique (livre X, p. 334).

Le principe de l'utilisation de la magie existe donc. Il est un moyen d'agir sur les choses. La métamorphose semble entrer dans cette catégorie magique : elle permet d'agir sur les êtres en les faisant passer d'un règne à l'autre. En ce qu'elle se produit de façon progressive et précise, elle a un caractère scientifique ; en ce qu'elle fait échapper l'être aux règles normales du monde, elle est une transgression surnaturelle. C'est pourquoi, comme on l'a vu, elle est l'apanage des dieux. On ne voit pas de mortels se transformer ou transformer autrui sans l'aide des dieux.

De la magie à la religion

À partir du moment où la métamorphose est de l'ordre de la magie, elle fait entrer dans un univers qui ressemble à celui de la religion. Elle s'accompagne de la mise en place de fêtes religieuses, comme dans les épisodes de « Hyacinthe » et de « Vénus et Adonis » (livre X). Elle est souvent le résultat d'une prière, comme dans l'épisode de Pygmalion :

> Ô dieux, si vous pouvez tout accorder, donnez-moi pour épouse, je vous en supplie, [...] une femme semblable à la vierge d'ivoire (livre X, « Pygmalion », p. 330).

Elle peut s'accompagner d'un présage, comme avant la métamorphose de la statue de Pygmalion :

> Présageant les dispositions favorables de la déesse, trois fois la flamme se ralluma et dressa sa crête dans les airs » (*ibid.*).

Les Romains croyaient beaucoup aux présages, favorables ou défavorables, qui sont des signes d'avertissement. À plusieurs reprises, la métamorphose se passe dans une atmosphère proche de celle de la pratique religieuse : on est près d'un sanctuaire dans l'épisode d'« Atalante » (livre X, p. 345-346), comme dans celui du « Loup de Pélée » (livre XI, p. 363-364). La métamorphose semble ainsi apporter la révélation d'un monde supérieur.

Une pratique philosophique : le pythagorisme

Une philosophie implicite. Cependant, une chose remarquable est à noter : jamais la métamorphose ne s'accompagne d'une profession de foi religieuse ou philosophique explicite de la part d'Ovide. On pourrait croire que celui-ci conserve volontairement un ton badin à son œuvre et qu'il a décidé de ne donner à ces métamorphoses qu'une dimension purement anecdotique. Or, un élément essentiel du texte vient apporter ce qu'Ovide n'exprime pas lors des métamorphoses, c'est la philosophie de Pythagore. Au livre XV, en effet, Pythagore apparaît et prononce un discours de 404 vers, très éclairant sur la philosophie de la métamorphose.

Du vrai Pythagore au personnage. Pythagore est un philosophe réel, né dans la première moitié du VIe siècle avant J.-C. en Asie Mineure, mais qui dut s'exiler à Crotone, en Italie du Sud. Là, il entreprit une œuvre de prédication et fonda des communautés religieuses et politiques qui suivaient des pratiques ascétiques. Celles-ci eurent un profond retentissement. On connaît mal le pythagorisme, mais on sait qu'à la fin de la République, un néo-pythagorisme se développe à Rome et y devient puissant, ce qui explique l'intérêt d'Ovide pour ce courant. Ovide place Pythagore dans le dernier livre de l'œuvre et lui assigne la tâche essentielle de représenter la philosophie, face à la figure de Numa qui représente le pouvoir.

Le discours du livre XV. Il n'est pas question directement de métamorphose dans le discours de Pythagore au livre XV, mais les paroles du philosophe donnent rétrospectivement une coloration particulière aux métamorphoses, parce qu'il en dresse la philosophie générale. Ce que nous avons constaté dans la logique des métamorphoses se retrouve dans le texte de son discours. Ainsi de cette négation de la mort :

> Pour les âmes, elles ne sont pas sujettes à la mort ; quand elles ont quitté une première demeure, elles vont toujours vivre dans de nouveaux domiciles et elles continuent à les habiter une fois qu'elles y sont entrées (livre XV, « Pythagore », p. 485).

Dans cette perspective, la métamorphose participe donc à ce changement de « demeure ». Pythagore professe la métempsycose, c'est-à-dire la migration des âmes d'un corps dans un autre. Il précise un peu plus loin :

> Nous aussi, qui faisons partie du monde, puisque nous ne sommes pas seulement des corps, mais aussi des âmes légères, nous pouvons aller habiter des formes de bêtes sauvages, être cachés dans des corps d'animaux domestiques (*ibid.*, p. 495).

Dans cette philosophie, comme dans celle qui préside aux métamorphoses, il n'y a pas de hiérarchie :

> Tout change, rien ne périt ; le souffle vital circule, il va de-ci de-là et il prend possession à son gré des créatures les plus différentes ; des corps des bêtes, il passe dans celui des hommes, du nôtre dans celui des bêtes ; mais il ne meurt jamais (*ibid.*, p. 485).

La métamorphose semble ainsi reproduire, dans l'œuvre, ce processus de va-et-vient décrit par Pythagore dans le monde, où tout se transforme sans mourir. Dernière citation, qui complète la philosophie des métamorphoses :

> Sachez encore qu'il n'y a rien de stable dans l'univers entier ; tout passe, toutes les formes ne sont faites que pour aller et venir. Le temps lui-même s'écoule d'un mouvement continu (*ibid.*).

La métamorphose, comprise dans cette philosophie, apparaît donc comme une manifestation du mouvement perpétuel de l'univers. Elle confirme que rien n'est fixe, que le mouvement entraîne tout. Ce n'est pas la mort qui domine le monde mais le changement. Et ce changement suppose que les êtres ne sont pas dominés par leur corps mais par leur âme. Tout, dans l'univers, n'est que souffle, tout n'est qu'âme. La religion romaine faisait déjà une large part à l'animisme en incarnant les forces de la nature sous forme de dieux, de déesses, de nymphes, mais dans *Les Métamorphoses*, c'est un animisme proclamé qui meut toutes les formes du vivant vers de perpétuelles transformations.

Ce discours de Pythagore situé à la fin du poème donne au projet d'Ovide une tout autre dimension. On ne peut plus voir seulement *Les Métamorphoses* comme une collection de transformations anecdotiques mais comme le déploiement et la mise en scène d'un phénomène universel porteur d'une signification philosophique : rien ne meurt mais tout varie, tout change d'aspect, sans hiérarchie.

12 La figure d'Orphée dans les livres X et XI

Le personnage d'Orphée fait l'objet d'un traitement relativement long dans *Les Métamorphoses*, puisqu'il occupe la totalité du livre X, d'abord en tant que personnage, puis en tant que narrateur, et que sa mort est racontée dans la première moitié du livre XI. Le plus surprenant est qu'Orphée ne subit aucune métamorphose. Ce n'est donc pas en tant que simple protagoniste d'une légende qu'il intervient mais comme figure emblématique.

LE MYTHE D'ORPHÉE

Un poète mythique

Orphée est un personnage mystérieux. C'est un poète mythique dont on situe la patrie en Thrace. Il est le poète musicien par excellence, et on lui prêtait la faculté d'attirer à lui, par ses chants, les hommes, les bêtes sauvages, qui devenaient douces comme des agneaux, mais aussi les arbres, qui se penchaient vers lui. Dans la mythologie, le pouvoir d'attirer les pierres est plutôt attribué à un autre poète, moins connu celui-là, Amphion, qui aurait construit les murs de la ville de Thèbes en faisant venir à lui les pierres par le son de sa lyre. Mais Ovide, à la suite d'Apollonios de Rhodes, un auteur alexandrin du IIIe siècle avant J.-C., attribue aussi ce pouvoir à Orphée.

Un personnage littéraire

La caractéristique du mythe d'Orphée, c'est qu'il s'agit d'un mythe grec qui nous a été transmis par des textes latins. Les deux textes qui traitent le plus longuement d'Orphée sont en effet le livre IV des *Géorgiques* de Virgile et les livres X et XI des *Métamorphoses* d'Ovide.

Cela ne veut pas dire que les Grecs ne connaissaient pas Orphée. Bien au contraire. On trouve, à partir du Vᵉ siècle avant J.-C., des représentations de la mort d'Orphée sur des vases et de nombreuses allusions au poète musicien dans des textes grecs. Apollonios de Rhodes, en particulier, avait écrit une épopée, *Les Argonautiques*, dans laquelle, sans s'étendre longuement sur lui, il fait d'Orphée l'un des membres de l'expédition des Argonautes, et lui attribue la faculté de charmer les pierres par ses chants. Il est probable également que le mythe d'Orphée circulait sous la forme de versions populaires connues de tous, mais, en grec, il n'a donné lieu à aucune mise en œuvre littéraire.

Le centre d'une religion à mystère

De plus, il est maintenant établi qu'Orphée a donné naissance à un culte et à une religion à mystères, l'orphisme. Les religions à mystères prennent, à l'époque d'Ovide, une importance croissante à Rome. Ce sont des religions qui impliquent que le fidèle soit initié et qu'un rapport direct, mystique, soit établi avec le dieu. Les textes orphiques, qui sont des écrits ésotériques, exposent des préceptes proches de ceux du pythagorisme. On a trouvé un papyrus du IVᵉ siècle avant J.-C. attestant l'existence d'une religion orphique et des lamelles situées dans des tombes qui donnent des conseils pour un voyage dans l'au-delà. L'orphisme, dont nous ne cernons que peu de choses en raison du secret dont il s'est entouré, va donner lieu à une véritable religion qui influencera d'ailleurs le christianisme à ses débuts

On le voit, Orphée dépasse de beaucoup le simple personnage mythologique, et l'on comprend qu'Ovide lui consacre un si grand nombre de vers.

ORPHÉE, PERSONNAGE DES LIVRES X ET XI

Ovide, dans *Les Métamorphoses*, traite longuement d'Orphée en lui donnant un rôle très important. Le mythe d'Orphée, tel qu'il le traite après Virgile, comprend deux aspects : d'une part, l'amour d'Orphée pour son épouse Eurydice qu'il va rechercher aux enfers (livre X) ; d'autre part, la mort d'Orphée mis en pièces par les Ménades (livre XI).

L'état civil d'Orphée

Orphée est qualifié par Ovide de « chantre qui eut pour père Apollon » (livre XI, « Mort d'Orphée », p. 350). C'est là un élément qui diverge un peu de la tradition. Dans la mythologie, Orphée passe pour être le fils d'Œagre, dieu-fleuve et roi de Thrace. On lui donne pour mère une muse, généralement Calliope, mais parfois aussi Polhymnie. Ovide ne choisit pas entre les deux. Dans l'épisode de Ganymède, Orphée commence son chant en invoquant simplement ainsi son inspiratrice : « Ô muse, ma mère » (livre X, « Ganymède », p. 325). Mais en faisant d'Apollon le père d'Orphée, Ovide donne au poète une dimension divine essentielle. D'autre part, il fait du poète le représentant d'une poésie de l'harmonie rationnelle, telle qu'on l'attribue à Apollon, qui s'opposerait à la violence et au déchaînement des passions qui caractérise la poésie dionysiaque ou bachique. Pourtant, après la mort d'Orphée, Lyeus (c'est-à-dire Bacchus) se venge des « femmes édoniennes », parce qu'il est « désolé d'avoir perdu le chantre qui célébrait ses mystères » (livre XI, « Mort d'Orphée », p. 352). Orphée apparaît donc ici comme lui-même initié aux mystères dionysiaques, à l'image des Bacchantes. Ovide dit d'ailleurs, au début de l'épisode de Midas, qu'Orphée avait initié Midas aux orgies. Orphée est donc, chez Ovide, à la fois chantre d'Apollon et chantre de Bacchus. Mais on se rend compte que, dans l'esprit d'Ovide, un lien étrcit rattache Orphée à Bacchus et, par l'intermédiaire de la descente aux Enfers, au pythagorisme.

Orphée est à la fois le poète apollinien que l'on représente avec la cithare, comme Apollon lui-même, et le poète obscur, initié aux secrets du monde dans des pratiques mystérieuses, comme Bacchus.

On notera que le mot latin traduit par « chantre » dans le texte d'Ovide est vates, terme désignant un devin, un prophète[1]. Cette image du poète prophète, qui est en relation avec les dieux et dont la parole est magique parce qu'elle n'est pas seulement humaine et terrestre, est traditionnelle dans l'Antiquité depuis Platon[2] et va servir à définir le poète aussi bien chez les écrivains de la Renaissance que chez Victor Hugo.

Orphée amoureux

Le thème d'Orphée perdant Eurydice et décidant d'aller la rechercher aux Enfers a d'abord été traité par Virgile, au livre IV des *Géorgiques*. On ne le connaît pas avant, et il est clair qu'Ovide se livre, dans son texte, à une réécriture du texte de Virgile.

Réécriture de Virgile. Chez ce dernier, Aristée, dont les abeilles sont malades, vient consulter le devin Protée. Celui-ci finit par révéler à Aristée que la maladie de ses abeilles est une vengeance d'Orphée, qui a perdu Eurydice à cause de lui. En effet, c'est en voulant échapper aux poursuites d'Aristée qu'Eurydice s'est fait piquer par un serpent. Le texte de Virgile est donc enchâssé dans l'histoire d'Aristée. Au contraire, le livre X d'Ovide commence de façon abrupte, par l'arrivée d'Hyménée, le dieu qui conduit le cortège nuptial, qui vient assister au mariage d'Orphée et Eurydice. Mais les auspices sont mauvais, et peu après l'épouse meurt, piquée par un serpent. Ovide, qui traite ailleurs le thème de la poursuite amoureuse, en particulier à la fin du livre XI (Hespérie et Ésaque), l'écarte ici. Ce n'est pas par la faute d'un autre qu'Eurydice meurt.

---

1. Noter que, dans l'épisode des « Arbres qui marchent » (livre X, p. 323), la traduction donne simplement « poète issu des dieux » pour *Dis genitus vates*.
2. Voir les dialogues de Platon, *Ion* et *Phèdre*.

Virgile développe ensuite un passage élégiaque où tous les éléments de la nature pleurent Eurydice. Or, chez Ovide, c'est à la mort d'Orphée que ce thème sera développé.

Puis Virgile expose comment Orphée entre dans le Tartare pour réclamer Eurydice aux dieux des Enfers. Là encore, les deux textes divergent : Virgile insiste sur la vision des Enfers et des ombres des morts ; Ovide, quant à lui, met en avant le discours tenu par Orphée aux habitants des Enfers pour les convaincre.

Vient alors la remontée vers la lumière et l'erreur d'Orphée qui se retourne pour voir Eurydice et, ce faisant, la perd une seconde fois. Là, Virgile développe le discours d'Eurydice, plein de regrets, tandis qu'Ovide, comme pour répondre au texte de Virgile, affirme qu'Eurydice ne fit aucun reproche à son époux.

À la suite de ce passage, Virgile évoque la tristesse d'Orphée et sa mort occasionnée par « les femmes du pays des Cicones », jalouses de son indifférence à leur égard. Ovide, en revanche, sépare la mort d'Eurydice de celle d'Orphée par une série de récits que le poète musicien va lui-même raconter.

Orphée poète avant tout. On a là un cas type de réécriture, dans lequel Ovide, par les choix qu'il fait, donne à son texte une tonalité très différente du texte initial. Systématiquement, Ovide minimise le rôle d'Eurydice. Alors que le passage de Virgile met l'accent sur l'homme amoureux et désespéré, Ovide, ne perd jamais de vue qu'Orphée est d'abord un poète. C'est en poète qu'il aborde « Perséphone et le maître du lugubre royaume », « après avoir préludé en frappant les cordes de sa lyre » (livre X, « Orphée et Eurydice », p. 320). Ce n'est donc pas une histoire d'amour que veut raconter Ovide, mais celle d'un poète chez qui l'amour exalte la poésie.

Orphée retrouve chez Ovide ce qui fait la spécificité de son mythe. La tradition insiste toujours sur le fait qu'Orphée « charme » ses auditeurs, c'est-à-dire les fait entrer dans un état second. Dans *Les Métamorphoses*, son talent poétique se confond avec le don de l'éloquence. Car d'une part Orphée convainc, d'autre part il émeut. Il convainc les maîtres des Enfers dans son discours : Ovide nous livre les arguments qu'il emploie, en particulier celui de l'amour universel, qui ne saurait laisser indifférents même les habitants des Enfers. Mais il émeut aussi : son argumentation s'accompagne du son de sa lyre. Tandis que les paroles convainquent, la lyre fait pleurer les auditeurs, même les plus cruels, comme les Euménides. Ovide nous montre les habitants des Enfers immobiles, suspendus à ses paroles, et bientôt tous d'accord pour lui rendre Eurydice. C'est en poète vainqueur qu'il remonte à la surface avant d'être vaincu de nouveau par les destins.

Rejet de l'amour. Orphée ne fait l'objet d'aucune métamorphose, mais on remarque, à l'instant où il reste saisi par la disparition d'Eurydice, qu'Ovide fait rapidement allusion à une légende peu connue d'Olenos et Léthea transformés en pierres, comme pour suggérer chez Orphée une métamorphose avortée, une pétrification morale qui va le rendre indifférent à l'amour des femmes. Car l'épisode d'« Orphée et Eurydice » s'achève par un rejet de l'amour de la part d'Orphée, rejet qui va entraîner sa mort. Ovide, avec un mélange de malice et de volonté historienne, tente d'expliquer ce refus de l'amour : soit désir de ne plus souffrir, soit fidélité à Eurydice au-delà de sa mort. En tout cas, Orphée serait celui qui aurait initié les Thraces à l'homosexualité.

La mort d'Orphée

Le début du livre XI reprend un épisode célèbre de la légende d'Orphée : son assassinat par les Bacchantes ou Ménades.

Les Ménades. On appelle *Bacchantes* les femmes s'adonnant au culte de Bacchus. Durant ce culte, elles entraient en transe et devenaient comme folles – le mot grec *Ménades* signifie « folles ». Dans sa pièce intitulée *Les Bacchantes* (IVe siècle av. J.-C.), Euripide avait déjà raconté, de façon très détaillée, une histoire d'assassinat par les Ménades. Chez Euripide, ce n'est pas Orphée qui est assassiné, mais un autre personnage, Penthée. Les détails du meurtre, cependant (« les membres de la victime sont dispersés çà et là », livre XI, « Mort d'Orphée », p. 352), sont les mêmes dans les deux histoires. Il s'agit en réalité d'un meurtre rituel lié aux religions à mystères, dont le souvenir s'est perdu et qui demeure dans la légende comme une histoire de jalousie.

La mort d'un poète. Dans le récit du meurtre d'Orphée, Ovide conserve les éléments déjà utilisés par Virgile : la jalousie des « femmes des Ciconiens » et le meurtre perpétré, dit Virgile, « au milieu des cérémonies sacrées et des orgies nocturnes en l'honneur de Bacchus[1] ». Mais, là encore, Ovide insiste sur les qualités surnaturelles d'Orphée comme poète-chanteur-musicien. Ovide va donc raconter le meurtre d'Orphée en l'encadrant de remarques sur les rochers et les bêtes sauvages :

> Tandis que par ces accents le chantre de Thrace attire à lui les forêts et les bêtes sauvages, tandis qu'il se fait suivre par les rochers eux-mêmes (livre XI, « Mort d'Orphée », p. 350) ;
>
> par cette bouche, ô Jupiter, qui s'était fait écouter des rochers et comprendre des bêtes sauvages son âme s'exhale et s'envole dans les airs » (*ibid.*, p. 351) ;

entre ces deux phrases, Orphée est mis à mort.

Le pacifisme et la violence. Orphée, qui exerçait sur les éléments de la nature un pouvoir surnaturel et pacifique, va être tué dans la violence. Sa mort est racontée comme un crescendo dans la lutte entre les moyens pacifiques du poète et ceux de plus en plus violents des Ménades. Celles-ci commencent par le frapper avec leur thyrse, bâton entouré de lierre et de pampre, qui est l'attribut des adeptes de Bacchus. Orphée résiste par ses chants et annule l'agressivité des pierres. Mais peu à peu ces pierres mêmes sont vaincues par la fureur des Ménades. À la fin, des instruments agricoles vont servir d'armes à ces femmes qui achèvent « le chantre inspiré des dieux » (*ibid.*). Dans l'épisode de sa mort, Orphée symbolise la paix et l'harmonie spirituelles du chant contre la violence aveugle, matérielle des Ménades.

---

1. Virgile, *Géorgiques*, livre IV, v. 521, trad. cit., p. 75.

Ovide dit lui-même que les thyrses « n'étaient point faits pour cet office ». C'est donc par un détournement brutal de la fonction des instruments bachiques que les Ménades tuent Orphée.

La participation de la nature au deuil. Alors que Virgile consacrait un long passage élégiaque à pleurer la mort d'Eurydice, Ovide, tout aussi longuement, évoque la manière dont la nature entière pleure Orphée : les oiseaux, les bêtes sauvages, les durs rochers, les forêts, les fleuves. Les Naïades et les Dryades elles aussi le pleurent – les premières étant les nymphes des eaux, les secondes les nymphes des bois. C'est dire que la nature entière participe au deuil du poète aussi bien dans ses éléments terrestres que dans ses représentants divins. Car le meurtre du poète revêt une double dimension : il porte atteinte aussi bien à la terre qu'au ciel. C'est pourquoi, si l'on n'assiste pas à une métamorphose véritable (la pétrification du serpent mise à part), on a, avec le prodige de la tête d'Orphée mort et de sa lyre qui continuent à chanter et reçoivent des échos des rives qu'elles longent (livre XI, « Mort d'Orphée », p. 352), la description d'un processus proche de la métamorphose : Orphée n'est pas mort, il survit sous forme de chant, bénéficiant d'une forme d'immortalité, proche de celle conférée par la métamorphose. Sa tête est protégée par Apollon tandis que son ombre descend sous la terre. On touche là à un rite d'immortalité.

Une certaine immortalité. Ovide, qui a toujours un grand souci de l'ouverture et de la fermeture des épisodes, achève celui de la mort d'Orphée par ses retrouvailles avec Eurydice, aux Enfers : « Orphée peut enfin se retourner sans crainte pour regarder son Eurydice » (*ibid.*). Ovide réunit ainsi les deux épisodes qui ont été séparés dans la narration : la mort d'Eurydice et celle d'Orphée. Il est rare, nous l'avons vu, que la mort soit regardée comme une victoire dans les textes antiques, où l'on est réduit à l'état d'ombre vaine. Or, ici, après leur mort les deux époux peuvent s'étreindre et être heureux. C'est bien à la survie spirituelle prônée par l'orphisme qu'atteint le personnage d'Orphée.

ORPHÉE NARRATEUR

La quasi-totalité du livre X des *Métamorphoses* est consacrée aux récits d'amour qu'Orphée raconte pour bercer sa peine. En effet, juste après la mort d'Eurydice, Virgile nous dit :

> Durant sept mois de suite, sept mois entiers, dit-on, au pied d'une roche aérienne, sur les bords du Strymon désert, il pleura et conta ses malheurs sous les antres glacés, charmant les tigres et entraînant les chênes par son chant[1].

C'est le contenu de ces vers qu'Ovide va développer dans le livre X. Il commence par allonger la durée de la retraite d'Orphée en la fixant à trois ans (livre X, « Orphée et Eurydice », p. 323), puis il va donner un contenu « réel » aux pleurs d'Orphée en faisant de lui le narrateur des légendes du livre X.

« Les arbres qui marchent » et « Cyparissus »

« Les arbres qui marchent ». Cependant, avant ces légendes, prennent place deux épisodes qui renforcent la figure d'Orphée poète. Assis pour chanter sa peine en un lieu désert, le poète va très vite « peupler » l'endroit : « Le site manquait d'ombre ; lorsque le poète issu des dieux se fut assis en cet endroit, lorsqu'il eut touché ses cordes sonores, il y vint des ombrages » (*ibid.*). Les ombrages, ce sont les arbres qui viennent en foule entourer Orphée. Ovide tire donc là un parti maximal de la légende en la prenant au pied de la lettre : les arbres marchent littéralement vers Orphée, ils se groupent en forêt. Une fois encore, si l'on n'assiste pas à une véritable métamorphose, Ovide profite de l'énumération des arbres pour rappeler des légendes de métamorphoses, créant des liens entre les arbres et les dieux, et suggèrant que ceux-là sont vivants. Ce ne sont pas de simples végétaux mais un maillon de la chaîne des êtres qui, sous l'effet de la parole magique d'Orphée et de sa musique hors du commun, s'animent et vont vers lui.

---

1. Virgile, *Géorgiques*, livre IV, v. 507-510, trad. cit., p. 75.

« *Cyparissus* ». Le second épisode est celui de Cyparissus, simple exemple d'homme transformé en arbre, mais qui se rattache à ce qui précède par le fait que Cyparissus était aimé « du dieu à qui obéissent les cordes de la lyre aussi bien que les cordes de l'arc », c'est-à-dire Apollon. Ce rappel d'Apollon, avant que débutent les récits d'Orphée, remet en mémoire le lien qui unit le dieu de la musique et de la poésie à Orphée lui-même. L'épisode de Cyparissus est à part, car il n'est pas raconté par Orphée mais fait l'objet d'une légende antérieure. Parmi les arbres qui viennent voir Orphée, le cyprès est un ancien humain (« un arbre aujourd'hui, jadis un enfant aimé du dieu », livre X, « Cyparissus », p. 324). Mais comme Ovide, juste avant, a rappelé que le pin est lui aussi le fruit de la transformation d'un jeune garçon, Attis, cette foule d'arbres semble soudain cacher une forêt d'humains métamorphosés. Encore une fois, si Orphée ne subit pas lui-même de transformation, il est au centre d'un monde en perpétuelle métamorphose.

En outre, Cyparissus, comme Orphée, ne se console pas de la perte qu'il a subie. Il annonce ainsi le thème des amours malheureuses qui va suivre.

Le récit des amours

Amour et respect des dieux. Orphée va donc raconter une succession d'histoires d'amour. La première est heureuse : c'est l'enlèvement très célèbre de Ganymède, devenu l'échanson des dieux ; mais toutes les autres – à part celle de Pygmalion – sont des histoires d'amour malheureuses qui se terminent par des métamorphoses. On retrouve, dans certains de ces récits, un écho de l'histoire d'Orphée : Hyacinthe meurt et Apollon s'écrie : « c'est moi qui suis l'auteur de ta mort » (livre X, « Hyacinthe », p. 327), ce qui rappelle le désespoir d'Orphée teinté de culpabilité. Pygmalion, au début de l'épisode qui lui est consacré, fuit la fréquentation des femmes, comme Orphée après la perte d'Eurydice.

Par ailleurs, dans ses récits, Orphée va faire alterner des amours positives et des amours négatives, toujours liées au respect des dieux. Les Cérastes et les Propétides commettent un blasphème contre les dieux, les uns en se livrant au sacrifice humain, les autres en niant la divinité de Vénus, c'est-à-dire en niant à l'amour sa dimension divine. Pygmalion vit un amour positif et quand il est comblé, il « adresse à Vénus de longues actions de grâce » (livre X, « Pygmalion », p. 330) ; Myrrha représente l'amour négatif par excellence, duquel les dieux se détournent ; Vénus et Adonis vivent un amour positif, tandis qu'Atalante et Hippomène voient leur amour brisé par leur indifférence envers les bienfaits de Vénus (« Ne méritais-je pas, Adonis, qu'il m'offrît ses actions de grâces et l'hommage de son encens ? » livre X, « Atalante », p. 345). Cette attention au respect des dieux rappelle la dimension divine d'Orphée, qui lie, par sa poésie, la terre et le ciel.

Pygmalion, épisode symbolique. L'épisode de Pygmalion est à part, à la fois parce que la métamorphose ne touche pas un être humain mais une statue, parce que c'est un amour qui finit bien et surtout parce que l'histoire touche directement à la question de la création artistique. Ovide est le premier à traiter, dans la littérature, le mythe de Pygmalion. Et il en met justement le récit dans la bouche d'Orphée, unissant ainsi deux arts. De même que Pygmalion donne vie à sa statue par la qualité de son art, de même Orphée donne vie à la nature par le caractère exceptionnel de sa poésie.

Les déclarations d'Orphée narrateur

Ovide donne donc la parole à Orphée, tout au long du livre X, pour qu'il devienne son narrateur de substitution. Il prend soin, avant de lui donner la parole, de le situer encore dans son cadre traditionnel, entouré des arbres qui l'ont rejoint, mais aussi « au milieu d'un cercle de bêtes sauvages et d'une multitude d'oiseaux » (livre X, « Ganymède », p. 325). Les oiseaux, symbole éloquent de l'harmonie musicale, sont ajoutés par Ovide. Ovide nous montre aussi Orphée préparant ses cordes avant de commencer à chanter, s'assurant que « leurs sons, quoique différents, produis[ent] des accords harmonieux » (*ibid.*). C'est là un lieu commun très fréquent dans l'Antiquité : les sons sont le symbole de la diversité qui parvient à l'unité par l'harmonie ; cela semble aussi la définition du secret poétique d'Orphée.

Propos liminaires. Avant de commencer son chant, Orphée s'exprime sur ses choix stylistiques. Cela est d'autant plus intéressant qu'il est le porte-parole d'Ovide. En effet Ovide ne dissocie pas du tout les préoccupations techniques de l'inspiration divine. Orphée est un poète inspiré mais qui s'intéresse à la variété des styles. Après avoir invoqué Jupiter, qui « tient le monde sous ses lois », Orphée fait donc allusion à une œuvre passée qui nécessitait « un plectre plus lourd » (*ibid.*). Le « plectre plus lourd » est une métaphore désignant une inspiration plus sérieuse, l'inspiration épique, pour chanter l'épopée des géants. Cet épisode très connu de la mythologie grecque est raconté rapidement par Ovide au livre I des *Métamorphoses* (« Les Géants », p. 47-48) : il s'agit de la tentative avortée des Géants de s'emparer de l'Olympe et de la réplique de Jupiter. Par opposition à cette inspiration sérieuse, Orphée va, dans les « chants » qui suivent, utiliser une « lyre plus légère » pour chanter les amours malheureuses, « légère », là, ne signifiant pas folâtre. Simplement, dans la classification des styles, l'amour est un thème moins sérieux que le récit épique, et qui nécessite un style élégiaque et un vocabulaire moins soutenu.

Avant l'épisode de « Myrrha ». Orphée, au début de ce récit, s'exprime de nouveau à la première personne. Là, il ne s'agit plus de prises de positions poétiques mais d'une prise de position morale. Cet inceste apparaît à Orphée comme une horreur insoutenable, qui a entaché le pays où il s'est accompli, l'Arabie. Il refuse de croire que Cupidon soit pour quelque chose dans cette affaire. Ce sont les divinités de la mort qui ont présidé à cet amour. On voit ainsi Orphée se prononcer contre un récit qu'il va cependant nous raconter longuement. Il s'agit en fait d'un exercice de style : l'écriture d'un blâme, semblable, mais à l'envers, à l'exercice rhétorique de l'éloge. Les poètes alexandrins pratiquaient volontiers l'exercice du blâme, et l'indignation d'Orphée va marquer toute l'écriture de l'épisode, en le mettant sous le signe des « amours monstrueuses ».

Identification entre Orphée et Ovide. Ces deux passages ne nous apprennent rien sur Orphée et n'apportent rien ni à sa légende ni véritablement à son image de poète. En outre, dans ses chants, Orphée ne s'exprime jamais en tant que personnage, comme le fera Nestor dans ses récits du livre XII. Orphée n'est un personnage qu'au début du livre X et du livre XI, quand on raconte son histoire. Quand il devient le narrateur des récits, il s'identifie complètement à l'auteur Ovide, qui le présente comme un poète épique se tournant vers la poésie amoureuse, ce que fait effectivement l'auteur des *Métamorphoses* dans le livre X, où il revient à son thème de prédilection.

Cette identification n'est pas anecdotique : après avoir fait d'Orphée la figure emblématique de la poésie dans ses visées les plus hautes : divination, charme, persuasion, Ovide fait du poète musicien son double et le met à sa place pour raconter, dans le même style que lui, des histoires d'amour. C'est une manière de se rendre hommage tout en rendant hommage à la poésie comme pratique créatrice universelle, qui transforme en *vates* quiconque s'y adonne. Orphée est la plus haute figure poétique, et Ovide l'invite dans sa poésie en lui donnant une dimension à la fois artistique et religieuse. La métamorphose du désespoir d'Orphée en poésie est l'emblème de cette métamorphose générale en laquelle consiste l'art, inspiré par les dieux.

Bibliographie

ÉDITIONS DES *MÉTAMORPHOSES*

Traduction avec texte latin

• OVIDE, *Les Métamorphoses*, livres VI-X, texte établi et traduit par Georges Lafaye, revu et corrigé par H. Le Bonniec, Paris, Les Belles Lettres, 1960.

• OVIDE, *Les Métamorphoses*, livres XI-XV, *id.*, Paris, Les Belles Lettres, 1991.

Traduction seule

• OVIDE, *Les Métamorphoses*, traduction de Georges Lafaye, édition présentée et annotée par Jean-Pierre Néraudau, Paris, Gallimard, coll. « Folio », 1992.

OUVRAGES GÉNÉRAUX

• ARISTOTE, *Poétique*, Paris, Les Belles Lettres, 1977.

• BAKHTINE Mikhaïl, *Esthétique et théorie du roman*, Paris, Gallimard, coll. « Tel », 1978, p. 441-473.

• BEAGUE A. *et alii*, *Les Visages d'Orphée*, Lille, Presses universitaires du Septentrion, 1998.

• GRIMAL Pierre, *Dictionnaire de la mythologie grecque et romaine*, Paris, PUF, 1979.

• MADELÉNAT Daniel, *L'Épopée*, Paris, PUF, 1986.

• TODOROV Tzvetan, *Introduction à la littérature fantastique*, Paris, Points Seuil, 1970.

ÉTUDES SUR *LES MÉTAMORPHOSES*

• JOUTEUR Isabelle, *Jeux de genre dans Les Métamorphoses d'Ovide*, Louvain-Paris, Éditions Peeters, 2001.

• LÉTOUBLON Françoise, *Le Mythe d'Orphée dans Les Métamorphoses d'Ovide*, Paris, ADAPT Éditions, 2001.

• VIARRE Simone, *L'Image et la Pensée dans Les Métamorphoses d'Ovide*, thèse, université de Paris, faculté des lettres, 1964.

Bussière à Saint-Amand (Cher) France.
Dépôt légal : juillet 2005.
N° d'édit. : 62463. N° d'imp. : 052682/1.